Agent 1307 undercover

Juergen von Rehberg

Agent 1307 undercover

Diagnose im Nebel

Bibliografische Information der Deutschen National-bibliothek:
Die Deutsche Nationalbibliothek verzeichnet diese Publikation in der Deutschen Nationalbibliografie; detaillierte bibliografische Daten sind im Internet über http://dnb.dnb.de abrufbar.

© 2019 Juergen von Rehberg

Herstellung und Verlag: BoD – Books on Demand, Norderstedt

ISBN: 978-3-7460-6304-1

Eine der wichtigsten Eigenschaft, die ein Agent mit sich bringen muss, ist Geduld. Bevor ich von meinem gefährlichen Einsatz „Diagnose im Nebel" berichte, möchte ich mich zunächst mit dem Phänomen „Geduld" befassen.

Geduld trifft Ungeduld

Ungeduld: *Hallo, meine Liebe! Wie geht es dir?*

Geduld (freudig): *Lieb von dir, dass du fragst. Es geht mir gut. Und wie geht es dir?*

Ungeduld (mürrisch): *Ich dachte schon, du fragst nie…*

Wie ist das nun mit der Geduld? Es gibt die verschiedensten Meinungen darüber, und von den unterschiedlichsten Menschen beschrieben.

Es sind bekannte Leute darunter, wie Künstler, kluge Köpfe, Humoristen, Zyniker und etliche Nonames.

„Duldet mutig, Millionen!
Duldet für die bessre Welt!
Droben überm Sternenzelt
Wird ein großer Gott belohnen."

So hat es einst Friedrich Schiller in seiner „Ode an die Freude" gesehen. Und ja, Geduld haben, hat für manchen auch schon etwas mit dulden, erdulden zu tun. Es kann bisweilen recht schmerzhaft sein…

Und in der Bibel steht zu lesen:

„Wer geduldig ist, der ist weise;
Wer aber ungeduldig ist,
der offenbart seine Torheit."

Stefan Zweig, der österreichische Schriftsteller bringt es für mich auf den Punkt:

„Ungeduld ist Angst."

Dem stimme ich gern zu. Es geht wohl um die Angst, irgendetwas versäumen zu können. Zumindest in den meisten Fällen.

Geduld ist ein Begriff, der sich im Verborgenen und außerhalb jeglicher Norm und Dimension herumtreibt.

Sie ist kostbarer als Gold und Edelstein, und ein mancher gäbe viel dafür, sie zu besitzen.

Und sie gehört auch definitiv nicht zur Grundausstattung eines Neugeborenen.

Aber natürlich gibt es den ein oder anderen Neugeborenen, welcher scheinbar von Geduld beseelt ist; aber das täuscht gewaltig.

Das sind keinesfalls begnadete Geduldprofis, es sind allemal Stoiker oder Phlegmatiker.

„Für den Stoiker als Individuum gilt es, seinen Platz in dieser Ordnung zu erkennen und auszufüllen,

indem er durch die Einübung emotionaler Selbstbe-
herrschung sein Los zu akzeptieren lernt, und mit
Hilfe von Gelassenheit und Seelenruhe zur Weisheit
strebt."

So betrachtet kann der Neugeborene nur schwer-
lich ein Stoiker sein.

Aber wie sieht es mit dem Phlegmatiker aus?

Ich habe meinen Sohn Alexander immer als einen
solchen gesehen. Nachdem ich mich – Prof. Wikipedia sei Dank – schlaugemacht habe, muss ich meine
frühere Einstellung hinterfragen, vielleicht sogar kor-
rigieren.

„Der Phlegmatiker wird als langsam, ruhig und
manchmal sogar als schwerfällig bezeichnet."

Das kommt bei Alexander hin.

Was jedoch *den Mangel an Lebhaftigkeit* betrifft,
so muss ich heftig widersprechen.

„Im positiven Sinn wird er auch als friedliebend,
ordentlich, zuverlässig und diplomatisch bezeichnet."

Da stimme ich vorbehaltlos zu.

Ein Beispiel:

Alexander steht mit wohlgefüllter Windel in seinem Gitterbett und hüpft – ungeachtet der angespann-

ten Situation in seiner unteren Körperhälfte – fröhlich auf und nieder.

So viel zur besagten *„nur mangelhaft vorhandenen Lebhaftigkeit. "*

Als ihn seine Mutter auf dem Wickeltisch auspackt, wird das körperliche Ungemach deutlich erkennbar, und in einer beträchtlichen Menge sichtbar.

In diesem Augenblick läuft der Knabe zur Höchstform auf. Als die Windel entfernt ist, und das wohlgeformte Hinterteil vom Gröbsten gereinigt worden ist, wirft er dasselbe in höchster Lust freudig in die Höhe und lässt es dann wieder herabgleiten.

Diesen Vorgang wiederholt er mehrere Male. Und begleitet wird diese äußerst bemerkenswerte Darbietung durch ein Geräusch, welches man durchaus als „Pfeifen" bezeichnen kann.

Alexander spitzt seinen kleinen Mund und stößt die Luft in schneller Folge aus und ein, was ihm sichtlich Vergnügen bereitet.

Jetzt frage ich: *„Sieht so ein schwerfälliger Mensch aus? "*

Was indes zweifelsohne auf Alexander zutrifft, ist die Eigenschaft *„friedliebend".*

Ein Beispiel hierzu:

Seine um 1 1/2 Jahre ältere Schwester Stefanie dominiert ihren kleinen Bruder von Anbeginn an. Ihr Gehabe ihm gegenüber gleicht schon sehr erzieherischen Maßnahmen.

Alexander lässt sich das willfährig gefallen, ohne auch nur eine Spur Opportunismus. Er anerkennt seine große Schwester bedingungslos als die Leitwölfin.

Ginge es nach seinem Sternzeichen, so wäre Alexander ein Sanguiniker. Dem „Wassermann" schreibt man die Eigenschaften *heiter, lebhaft, fantasievoll und gesprächig* zu.

Wie sehr das stimmt, zeigt sich darin, dass Alexander in der Jetztzeit ein Theatermensch ist, der nicht nur Stücke selber schreibt, sondern auch spielt und Regie führt.

Da spielen wohl ein paar bescheidenen Gene seines Vaters mit.

Und die Tatsache, dass er den Beruf des Lehrers ausübt, unterstreicht anschaulich seine Fähigkeit der Gesprächigkeit.

Seine Schwester, dem Sternzeichen nach Melancholiker, Pardon, es heißt jetzt ja Melancholikerin, ist das krasse Gegenteil zu ihrem Bruder.

Außerdem ist sie über die Maße reinlich. In diesem Zusammenhang fällt mir der alte Begriff „*Etepetete*" ein. Er wird auch in der Modewelt verwendet, „*wenn jemand übertrieben darauf achtet, dass seine Kleidung bloß nicht schmutzig oder faltig wird. "*

Es gibt ein Bilddokument aus dem Jahr 1972. Ich war damals mit Frau und Kinder auf dem Michaelsberg spazieren.

Es war Winter und die Erde war hart gefroren.

Stefanie stolpert und fällt hin. Alexander verfolgt das Geschehnis in großer Gelassenheit vom Kinderwagen aus.

Was nun geschieht, ist interessant. Das Entsetzen über die verschmutzte Wollstrumpfhose verdrängt das Empfinden für Schmerz.

Der hart gefrorene Boden gibt keinen wirklichen Schmutz her. Lediglich ein paar, ebenfalls hart gefrorene Strohhalme verfangen sich in der Strumpfhose.

Stefanie entfernt die Halme in einer Art Hysterie – so man das von einem Kind überhaupt sagen kann – und ist nur ganz schwer zu beruhigen.

Es heißt, *„dass man mit Jungfraugeborenen nur schwer auskommen kann, und dass sie keine Opposition dulden. "*

Ich kann das nur bestätigen.

Meine Tochter und ich haben so manchen Strauß ausgefochten, und ich war wohl immer der „Sieger".

Wenn ich jedoch an die Wahl der Mittel zurückdenke, dann bin ich nicht gerade stolz darauf. Es war ein ungleicher Kampf, den ich in Wirklichkeit verloren habe; auch wenn es mir damals nicht bewusst war.

Ich bereue es, und ich würde es heute ganz sicher nicht mehr so machen.

Meine Lieblingstante Luise, auch eine Jungfraugeborene, war das Erwachsenen-Pendant. Bei ihr muss ich ebenfalls Abbitte leisten.

Ich selbst nun, ein Schützegeborener und Choleriker vor dem Herrn und recht heißblütig, traf auf „Jungfrau". Das musste einfach schiefgehen ...

Den Choleriker in seiner ursprünglichen Form gibt es – wenn überhaupt – nur noch in abgeschwächter Form.

Jedoch leider um viele Jahre zu spät. Vielleicht hätte ich sonst meine Gallenblase noch heute.

Doch wieder zurück zur Geduld.

Dem Kleinkind kann es gar nicht schnell genug gehen:

„Dauert es noch lang?"

„Ist es noch weit?"

„Wann suchen wir denn die Ostereier?"

„ Wann kommt endlich das Christkind? "

Dem juvenilen Zeitgenossen geht es nicht viel besser:

„ Gibt es jetzt bald etwas zu essen? "

„ Wann bekomme ich denn mein Moped? "

„ Wann kann ich endlich meinen
Führerschein machen? "

„ Wann bekomme ich mehr Taschengeld? "

Man könnte das nahezu endlos weiterführen. Und jeder hat das schon einmal in irgendeiner Form erlebt.

Und das hört auch nicht irgendwann von selber auf. Die Ungeduld ist eine Eigenschaft, die am Charakter eines Menschen festklebt wie Fliegen an der Kuhscheiße.

Der sich in seiner Sturm- und Drangzeitphase befindliche Jungmann erlebt die nicht vorhandene Geduld auf oft schmerzhafte Weise.

Seine Hormone und die – bis an die Zähne bewaffneten Lenden – fordern unentwegt ihr Recht. *„ Wann? Wie? Wo? "* Haben sich fest in sein Gehirn eingebrannt und verursachen große Pein.

Wie man es auch dreht und wendet, *„ der Ungeduldige ist arm. Reich hingegen der, der mit der Gabe eines Geduldigen gesegnet ist. "*

Und damit komme ich zu mir.

Ein Mann, seit vielen Monden dem erlauchten Kreis der Senioren angehörig, vulgo ein alter Sack, der von sich behauptet Besitzer und Eigentümer dieser seltenen Gabe zu sein, die da heißt: „Geduld".

Es war ein langer und beschwerlicher Weg, den ich gegangen bin, um dahin zu gelangen, wo ich – mit dem Brustton der Überzeugung – behaupte, angelangt zu sein.

Ich bin natürlich nicht so blauäugig zu glauben, dass mein Umfeld mich genauso sieht. Es ist meine zutiefst subjektive Meinung, der ich jedoch meine feste Überzeugung entgegenhalte, dass ich Geduld habe.

Und das in reichem Maße und auch in ausreichender Menge. Darüber mit mir zu diskutieren wäre völlig zwecklos.

Ich bin auch bereit meine Überzeugung hier und jetzt unter Beweis zu stellen.

Seit ich mich im wohlverdienten Ruhestand befinde, gehe ich gelegentlich einer sehr gefährlichen Nebentätigkeit nach.

Ich habe mich als Geheimagent der **IHIA**[1] anwerben lassen. Das ist eine Vereinigung, welche Undercover-Agenten weltweit einsetzt, um Missstände in

---

[1] **IHIA** = International Health Insurance Agency

Spitälern aufzudecken. Das betrifft sowohl das gesamte klinische Personal als auch das Ausspionieren von Patientengesprächen.

Mein Name als Agent der **IHIA** lautet:

„Geheimagent 1307"

Wenn ich zu einem solchen Undercover-Einsatz gerufen werde, dann wird mir eine gefakte Kranken-Vita erstellt, die es mir ermöglicht, für mehrere Wochen in einem Spital aufgenommen zu werden.

Damit meine Geschichte glaubhaft wirkt, werde ich akribisch gebrieft[2], damit ich nicht vorzeitig verbrenne.[3]

Meine Tätigkeit als Agent führt mich in den gesamten europäischen Raum, in welchem entweder deutsch, englisch oder französisch gesprochen wird.

Über andere Sprachkenntnisse verfüge ich leider nicht. Trotz meiner Sprachgewandtheit in den besagten Sprachen, musste ich sehr lange und intensiv büffeln, bis ich die medizinischen Fachbegriffe abrufen konnte.

Da ich jedoch inzwischen in einem fortgeschrittenen Alter angekommen bin, habe ich meine Einsatzbereitschaft nur noch auf Österreich, Deutschland und die Schweiz beschränkt.

Mein derzeitiger Fall, von welchem ich hier berichten werde, spielte sich in Österreich ab. Die genaue Location[4] darf ich an dieser Stelle nicht nennen. Sie steht jedoch für jede x-beliebige Location weltweit. Ich bitte darum um Ihr Verständnis.

---

[2] Briefen = neudeutsch für informieren, unterrichten
[3] Verbrennen = Agentenjargon für auffliegen
[4] Location = Standort

Man hat für mich eine Art Account bei einer ortsansässigen Krankenkasse eingerichtet, unter dem Namen:

Wilhelm Geiger, geb. 20.12.1944

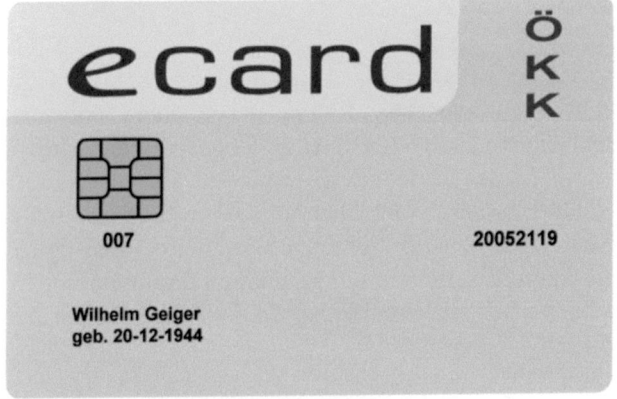

Mit dieser gefakten E-Card bin ich zu einem Internisten gegangen und habe meinen Auftrag begonnen.

Als ich seinen Praxisraum betrete, simuliere ich bei der Dame am Empfang eine heftige Atemnot, begleitet von der Unfähigkeit mich normal zu artikulieren.

Meine Vorstellung hat große Überzeugungskraft. Die junge Frau ruft sofort den Herrn Doktor herbei, und gestützt von beiden, werde ich in den Behandlungsraum geführt.

Dort werde ich aufgefordert, mich auf eine Liege zu legen. Meine Atemnot geht nahtlos in ein Japsen über, was auf der Stirn des Arztes deutlich erkennbare Sorgenfalten hervorruft.

Er zieht eine Injektion auf und verabreicht sie mir. Ich warte einen kurzen Moment, und gehe dann in eine geordnete, aber immer noch bedrohliche Atmung über.

„Das hat so keinen Sinn; der Mann muss sofort ins Spital."

Diese Worte eröffnen den zweiten Teil meines Vorhabens. Ich habe soeben die Eintrittskarte für das hiesige Krankenhaus gelöst.

Man muss wissen, dass ein weiterer, wesentlicher Teil meiner Ausbildung darin bestand, Krankheitssymptome glaubhaft darstellen zu können.

Ich darf in aller Bescheidenheit an dieser Stelle anführen, dass ich im jugendlichen Alter ein begeisterter, und ein nicht gerade wenig talentierter Laiendarsteller war.

Wenn es auch nicht für den Othello gereicht hat, so habe ich doch auf der Bühne des kleinen Bauerntheaters meiner Heimat so manchen Begeisterungssturm seitens des Publikums auszulösen vermocht.

Aber das ist eine andere Geschichte…

Doch nun wieder zurück zu meinem Auftrag.

Ich fahre also, genauer gesagt man fährt mich mit Blaulicht und ordentlichem Tatütata in das nahe gelegene Spital.

Eine hübsche, junge Frau hält mir die Hand. Es ist die diensthabende Notärztin. Sie hat eine sanfte Stimme, und sie spricht mir unentwegt Mut zu.

„Atmen Sie ganz ruhig. Wir sind gleich da."

Ihr holdes Lächeln, ihre liebevollen Worte und das Halten meiner Hand lassen mich für einen kurzen Moment an der Redlichkeit meines Tuns Zweifel hegen.

Es ist aber nur ein kurzer Anflug, der gleich wieder vergeht. Ich lächle dankbar zurück und konzentriere mich wieder auf meinen Auftrag.

Der ebenfalls im Wageninnern anwesende Rettungssanitäter entschuldigt sich für die recht holprige Fahrt. Sie ist dem Umstand geschuldet, dass wir uns noch in der Stadtmitte befinden, wo die eine oder andere Gasse Kopfsteinpflaster geschmückt ist.

Als man beschlossen hat, das Stadtbild zu verschönern, hat man wohl vordergründig an die vielen, Geld bringenden Touristen gedacht, und weniger an die schon betagten Eingeborenen.

Für sie ist es manchmal eine Herausforderung, welche hart an die Grenzen der Zumutbarkeit anstößt. Aber wen kümmern schon die Alten…

Dann sind wir da: **Notaufnahme**.

Ich werde hineingeschoben, und einer meiner Wohltäter überreicht der Dame hinter dem Schalter den Zuweisungsschein des Arztes, der die Rettung gerufen hatte.

Auf meiner Zuweisung steht:

Verdacht auf Pulmonalembolie.

Für alle Nichtlateiner hier die Übersetzung:

*Bei einer Lungenembolie **(Pulmonalembolie)** kommt es zum Verschluss eines arteriellen Lungengefäßes durch ein Blutgerinnsel (Thrombus). Dieses entsteht am häufigsten in den tiefen Becken- und Beinvenen und wird mit dem Blut bis in die Lungenstrombahn gespült. Typische Beschwerden sind Atemnot, Kurzatmigkeit, schneller Puls und Stechen in der Brust. Diagnostiziert wird eine Lungenembolie mithilfe von einer Computertomografie oder Lungenszintigrafie. Die Therapie besteht aus einer sofortigen Gabe von Heparin zur Auflösung des Gerinnsels und anschließender Blutverdünnung.*

Das passt ja, wie die Faust auf das Auge. Ich kann sowohl die Atemnot als auch die Kurzatmigkeit bestätigen. Was jedoch das Stechen in der Brust angeht, so empfinde ich es mehr als Beklemmung, denn als Stechen.

Ich werde in den Raum hinter der Annahme geschoben. Dort werde ich auf eine Liege umgelagert.

Man stülpt mir einen **Pulsoximeter** über den Zeigefinger der linken Hand (das ist ein kleines Gerät zur Messung der Sauerstoffsättigung) und legt mir einen fixen Venenzugang.

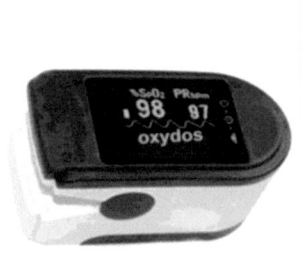 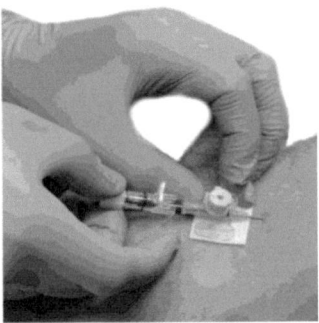

Die korrekte Bezeichnung ist **Venenverweilkanüle**, was für ein hübsches Wort.

Der Wert für die Sauerstoffsättigung liegt bei einem gesunden Menschen zwischen 90 und 99 Prozent. Bei mir liegt er augenblicklich in diesem Referenzbereich.

Heißt das etwa, ich bin gar nicht krank? Bin ich ein „Malade imaginaire"[5], um mit Molière zu sprechen?

Meine Liebste würde jetzt sagen:

„Bei dir ist alles anders…"

Ich könnte ihr noch nicht einmal widersprechen.

---

[5] Le Malade imaginaire – Der eingebildete Kranke

Nun geht es frisch ans Werk. Der erste Vampir nähert sich mir. Man verlangt nach meinem Lebenssaft. Und das in großen Mengen.

Im Aufnahmelabor fällt eine **Polyglobulie** auf. Noch so ein Fremdwort, das keiner kennt. Zumindest kein Normalsterblicher.

*Der Begriff **Polyglobulie** bezeichnet eine Erhöhung der Zahl der roten Blutkörperchen (Erythrozyten) über den physiologischen Normwert. Sie macht sich labordiagnostisch durch einen erhöhten Hämatokrit (Er ist ein Maß für die "Zähflüssigkeit" des Blutes) bemerkbar.*

Außerdem zeigt der Laborbefund, dass keine **D-Dimer**-Erhöhung vorliegt.

*   **D-Dimere** *sind Spaltprodukte des Fibrins (nicht wasserlösliches Protein), das bei der Blutgerinnung entsteht. Erhöhte D-Dimere deuten u. a. auch auf Lungenembolie hin.*

Die „Prima inter pares"[6] ist eine etwas ältere, schlanke, lebensbejahende Ärztin, welche sich tiefenentspannt und chillig auf ihrem Drehstuhl umherbewegt, und dabei einen kindhaft anmutenden Sprachduktus bemüht.

„Das Laktatwertelein ist zu hoch. Wir sind bei 3,8; das muss untersucht werden."

---

[6] Aus dem Lateinischen = Erste unter den Gleichen

Laktat (aus dem Lateinischen Lac – Milch) ist die Bezeichnung für Salz der Milchsäure. Der Wert bei Männern über 18 Jahre sollte zwischen 0,5 und 2,2 mmol/L (Millimol pro Liter) liegen.

Dieser bedeutungsvolle Satz ist meine Eintrittskarte für das 4-Bett-Zimmer auf der Station **Kardiologie**.

Ich bekomme ein Bett mit Blick auf ein herrliches Vis-à-vis.

Als **Aufnahmegrund** wird später im ärztlichen Entlassungsbrief stehen:

Belastungsdyspnoe bzw. Dyspnoeattacken unklarer Genese.

*Eine **Belastungsdyspnoe** tritt auf, wenn die Leistungsreserven des kardiopulmonalen (Herz und Lunge betreffend) Systems infolge pathologischer Veränderungen bereits bei geringer Belastung ausgeschöpft sind. Als Ursache kommen unter anderem in Frage:*

● *Mangelnde Pumpleistung des Herzens (z.B. bei Herzinsuffizienz)*

● *Mangelnde pulmonale Sauerstoffaufnahme (z.B. bei Lungenfibrose)*

● *Mangelnde Sauerstofftransportkapazität (z.B. bei Anämie)*

*Als **Dyspnoe** (griechisch für schwierige Atmung) wird eine unangenehm erschwerte Atemtätigkeit (Lufthunger, Atemlosigkeit, Atemnot, Kurzatmigkeit) bezeichnet. Das heißt, es besteht eine Diskrepanz zwischen Anforderung an die Atmung und die Möglichkeit des Patienten ihr nachzukommen.*

Da bin ich nun. Ich richte mich in meinem neuen Zuhause ein. Meine Kleidung, welche ich in das mir zugeteilte Kastl hänge, tausche ich gegen ein Spitalshemd, Größe XXL ein und ziehe mir Noppen-Socken über die Füße, die das Rutschen verhindern sollen.

Dann lege ich mich brav in mein Bettlein. Nur wenig später beginnt eines meiner vielen „Bewerbungsgespräche". Es ist nichts anderes als ein Frage-Antwort-Spiel.

Die Frau oder der Herr Doktor fragt mich etwas, und ich antworte, möglichst wahrheitsgetreu. Manches Mal bewegt sich meine Antwort auch schon einmal im Bereich der Spekulation, weil ich es nicht mehr so genau weiß. Zum Beispiel Jahreszahlen.

Es erheitert mich schon ein wenig, dass ich dieselbe Geschichte x-mal wiederholen muss. Jeder Weißkittel fordert sie von mir ab, und ich liefere brav.

„Also erzählen Sie einmal, was Sie hierhergeführt hat. Welche Medikamente nehmen Sie? Operationen? Vorkrankheiten in der Familie? Wer ist Ihr Hausarzt?"

Als die Anamnese *(systematische Befragung, die den Gesundheitszustand des Patienten zum Thema hat)* vorüber ist, schaue ich mir meine Mitbewohner an.

Es sind außer mir drei an der Zahl. Sie haben eine Gemeinsamkeit, welche sie verbindet: Alle warten auf das Setzen eines **Stents**.

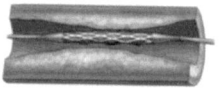 Das Trägersystem ist platziert

 Der Ballon dehnt sich beim Aufblasen aus

 Der Katheter wird entfernt, der Stent ist implantiert

Stent (deutsch Gefäßstütze) ist ein medizinisches Implantat zum Offenhalten von Gefäßen oder Hohlorganen).

Bei der Erklärung „*zum Offenhalten von Hohlorganen*" kommt mir spontan die Frage in den Sinn, „*ob das nicht auch ein geeignetes Implantat für das Gehirn so mancher Zeitgenossen wäre?*"

Man möge dem Schelm in mir verzeihen, der das gerade gedacht hat.

Drei Typen Mensch, wie sie unterschiedlicher nicht sein könnten, teilen mit mir einen Raum:

Typ 1: Der Älteste im Zimmer ist der Wortführer. Er hat ein bewegtes Leben hinter sich, wie man seinen Ausführungen entnehmen kann.

Typ 2: Sein „Stellvertreter" meldet sich gelegentlich auch einmal zu Wort.

Typ 3: Der Unverbindliche. Er macht gern Späßchen, wohl auch, um zu gefallen.

Ich halte mich derweil vornehm zurück und genieße die wild umherfliegenden Wuchteln, welche von allen dreien abgeschossen werden. Der ganze Raum ist schmähgeschwängert.

Dann kommt die Nacht. Es ist eine weitverbreitete Ansicht, dass Schlaf überbewertet wird. Ich schließe mich dieser vorbehaltlos an.

Stattdessen genieße ich die Diversität der nächtlichen Geräusche. Eines sticht besonders hervor. Es ist die Apparatur des Wortführers. Ich kann sie nicht benennen, weil ich solches noch nie zuvor gesehen habe.

Ich kenne den Apparat eines Apnoikers. Aber das da, das sieht anders aus.

Und dann lasse ich den Tag Revue passieren. Es war schon recht aufregend. Ich bin froh, dass meine Tarnung nicht aufgeflogen ist.

Ich habe bei der Frage nach vorhandenen Allergien wahrheitsgemäß geantwortet, dass vor ca. 50 Jahren eine Jodallergie bei mir festgestellt wurde.

Das passierte im Rahmen einer Blasenspiegelung und hätte mich beinahe das Leben gekostet.

Ich lag in einem kleinen Raum in der Praxis eines Urologen. Das Kontrastmittel war injiziert und die Beinahekatastrophe nahm ihren Lauf.

Alleingelassen von Doktor „Arglos" und Schwester „Sorglos", bemerkte ich plötzlich eine ungewöhnliche Veränderung in meinem Körper.

Mir wurde warm und immer wärmer, mein Gesicht spannte, die Augen schwollen zu und Angst begann sich in mir auszubreiten. Ich versuchte mich durch rufen bemerkbar zu machen, was mir aber nicht möglich war.

Das war darauf zurückzuführen, dass auch meine Zunge angeschwollen war und fast die gesamte Mundhöhle ausfüllte.

Dann geschah etwas Seltsames. Ich ergab mich meinem Schicksal, und ich wurde von einem unbeschreiblich schönen Gefühl erfasst, das ich so bis zu diesem Tag davor noch nie erlebt hatte.

Dieser Zustand hielt solange an, bis ich – wie durch eine Nebelwand hindurch – aufgeregte Stimmen vernahm.

Es waren dies die Stimmen von Dr. „Arglos" und Schwester „Sorglos". Der Arzt schrie seine Gehilfin aufgeregt an, sie soll ihm schnellstens eine Spritze aufziehen.

Diese verabreichte er mir dann. Als die gewünschte Wirkung nicht unmittelbar eintrat, forderte er hektisch eine zweite Spritze.

Zu seiner und seiner Gehilfin großen Erleichterung, wirkte die zweite Injektion. Meine Augen schwollen wieder ab, meine Zunge schrumpfte auf Normalmaß, und die Spannung im Gesicht ließ deutlich nach.

Ich sah in die immer noch geschockten Gesichter von Arzt und Helferin. Dann passierte etwa Aberwitziges.

Der Arzt warf mir allen Ernstes vor, ich hätte ihm sagen müssen, dass ich eine Jodallergie habe. Das

Problem war aber nur, dass mir das vorher nicht bekannt war.

Zwei Dinge wären noch anzumerken:

1. Ich war tief traurig, dass ich wieder ins Leben zurückgeholt worden war.

2. Seit diesem Tag habe ich keine Angst mehr vor dem Tod.

Was ich damals erlebt habe, hat der amerikanische Psychiater und Philosoph, Raymond A. Moody in seinem Buch „Leben nach dem Tod" beschrieben. Es ist eine faszinierende Sammlung von Erfahrungsberichten einiger Menschen mit Nahtoderlebnissen.

Dieses Erlebnisses von damals eingedenk, welches ich der Frau Doktor „Coolness" in der Notaufnahme eindringlich geschildert hatte, führt dazu, dass ich mittels Infusion auf die **Computertomographie des Thorax** für den nächsten Tag vorbereitet werde.

*Die **Computertomographie** (kurz CT) ist im Grunde genommen nichts anderes als eine computergestützte Röntgenuntersuchung. Sie liefert Schnittbilder durch den Körper bzw. eines bestimmten Körperteils. Dadurch können Strukturen und Organe aus dem Körperinneren besser dargestellt werden. Gelegentlich wird auch ein Kontrastmittel verwendet, welches dem Patienten über die Vene zugeführt wird.*

Am nächsten Morgen, nach Ablauf der Vorlaufzeit (probatorische Verabreichung von **NMH** [Niedermolekulares Heparin] in therapeutischer Dosierung, werde ich im Spitalstaxi (Sessel mit Arm- und Fußstütze) zur Computertomographie gefahren.

Als ich dem dortigen Arzt von meinem Nahtoderlebnis erzähle, deutet er auf seinen entblößten Unterarm. Er ist voller Gänsehaut.

Dann bekomme ich das Kontrastmittel, von dem sowohl Arzt als auch Patient inständig hoffen, es möge keine allergische Reaktion auslösen.

Das passiert zur Erleichterung der Anwesenden nicht. Die Untersuchung dauert nur wenige Minuten.

Das Ergebnis schließt den Verdacht auf eine **Pulmonalembolie** aus. Dafür findet man eine zum Teil kalzifizierte Raumforderung an der rechten Nebenniere.

Öfter mal etwas Neues…

Das war so alles nicht geplant, als ich den Undercover-Einsatz angenommen habe. Dadurch verselbständigt sich mein Hiersein, was mich ein wenig verunsichert…

Das nächste Spitals-Event ist die Durchführung einer **transthorakalen Echokardiographie**.

Hier heißt das Ergebnis:

*Eine global gute **Linksventrikelfunktion** ohne regionale Wandbewegungsstörungen. Die Klappen morphologisch und funktionell unauffällig. Minimale TI. Keine Hinweise auf hämodynamisch wirksame Lungenembolie.*

Für alle Nicht-Lateiner:

Die *Linksventrikelfunktion* beschreibt, mit welcher Kraft bzw. Elastizität sich die Herzkammern zusammenziehen bzw. erschlaffen.

Die *TI* (Trikuspidalklappeninsuffiziens) bezeichnet die Schlussunfähigkeit der **Trikuspidalklappe** und führt zum Blutfluss aus dem rechten Vorhof in die rechte Herzkammer.

Die **Trikuspidalklappe** ist die Herzklappe zwischen dem rechten Vorhof und der rechten Herzkammer. Sie ist eine Segelklappe und besteht bei Säugetieren normalerweise aus drei (**tri**) Segeln (lateinisch **cuspis** ‚Zipfel, Spitze).

Ein absolutes Highlight an diesem Tag ist mein Besuch der Lungenambulanz.

Einer der vielen Kutscher bringt mich hin. Er parkt mich ein und gibt meine Behandlungsmappe drinnen ab.

Ich beginne zu frieren. Nur mit dem schicken, jedoch sehr dünnen Spitalsnachthemd bekleidet, umgeben von vielen anderen wartenden, externen Patienten, sitze ich vor der Tür wie ein armer Sünder.

Die ebenfalls Wartenden sind im Gegensatz zu mir warmbekleidet. Was uns verbindet, ist die Ungeduld.

Endlich werde ich hineingeschoben. Außer diversen Apparaten befinden sich noch zwei Frauen im Raum:

Eine größere, schlanke, eher ruhige und etwas Ältere, sowie eine untersetzte, mit lockigem Haar und eindeutig die dominantere von beiden.

Es mutet fast an, als befände man sich in einer Behörde. Nur keine Hektik, alles pomali. Das schwarz gelockte Wesen – ich taufe sie für mich „Locke" - schwingt sich zwischen Hochdeutsch und Dialekt hin und her wie ein Affe, der sich im Urwald mit einer Liane von Baum zu Baum bewegt.

Sie kommentiert jeden ihrer Schritte – für alle gut vernehmlich – und gibt sich dabei als Herrin der Dinge.

Es wirkt ein wenig befremdlich, dass drei Patienten (außer mir noch zwei Frauen) zugleich im Raum zugegen sind.

Plötzlich beginnt die EDV zu spinnen. Das Abrufen diverser Daten auf den beiden Bildschirmen will und will nicht funktionieren.

Das gelockte Wesen kommentiert auch dies für alle gut vernehmlich. Ihre ältere Kollegin lässt es willfährig über sich ergehen.

Die nicht funktionierende EDV ist schuld daran, dass ich wieder vor die Tür gesetzt werde. Die ältere Mitarbeiterin bugsiert mich hinaus.

Das Frieren nimmt einen zweiten Anlauf.

Als die besagte Mitarbeiterin wieder einmal heraustritt, bitte ich sie höflich um etwas Wärmendes. Sie erbarmt sich meiner und bringt mir eine Decke. Deren moralischer Wert liegt deutlich über dem des Warmhaltens.

Irgendwann werde ich wieder von ihr hineingeschoben. Inzwischen sind schon fast zwei Stunden vergangen.

Nur keine unnötige Hast. Mein Vergleich mit der Arbeit einer Behörde hält klar erkennbar stand.

Aber jetzt geht es richtig los. Einen rechten Batzen Salbe auf das linke Ohr, ein Pflaster darüber als Befestigung und den Wecker auf 10 Minuten gestellt.

Mir fällt auf, dass die stille, wortkarge Mitarbeiterin, die mir die hyperämisierende Salbe aufs Ohr geschmiert hat, immer denselben Gesichtsausdruck hat.

Mein Ohr beginnt zu brennen. Damit wird die Abnahme von Kapillarblut *(Als Kapillarblut bezeichnet man Blut, das in kleinen Mengen aus Kapillargefäßen [z.B. Ohr, Verse, Finger] entnommen wird)* erleichtert.

Ich werde aufgefordert, im Wartebereich vor der Tür 10 Minuten lang beschleunigt auf und ab zu gehen. Das Radfahren auf dem Ergometer habe ich abgelehnt, weil mein ISG (Iliosakralgelenk) mit drei Schrauben fixiert ist, und ich dadurch nicht radfahren kann.

Ich komme mir irgendwie komisch vor, als ich wie ein nach dem Ausgang Suchender hin und her glühe, verfolgt von den verständnislosen Blicken der wartenden Patienten.

Dann werde ich hineingerufen. Ein kleiner Pikser, und schon rinnt das Blut in ein kleines, dünnes Röhrchen. Das entnommene Blut dient der Blutgasanalyse (BGA). So wird der Sauerstoff- und Kohlensäuregehalt im Blut bestimmt.

Die eigentliche Challenge folgt danach. Ich sitze in einer Glaskabine, beiße mit den Zähnen auf ein Plastikteil, umschließe dieses mit meinen Lippen und warte auf das Kommando der schwarz gelockten Frau:

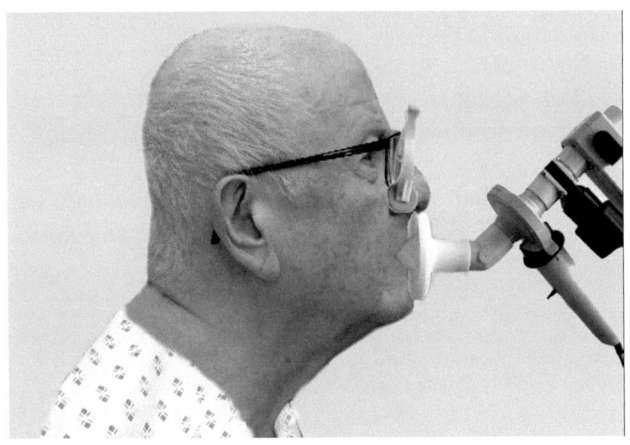

„Ruhig atmen… ruhig weiteratmen… tief einatmen… länger, länger, länger… ausatmen… tief einatmen… schnell ausatmen… und so weiter."

Für die korrekte Wiedergabe der angesagten Kommandos möchte ich mich an dieser Stelle nicht verbürgen. Es war ja doch recht aufregend für mich.

Dann sind wir fertig. Derselbe Fahrer, der mich gebracht hat, holt mich auch wieder ab und bringt mich zurück in mein Zimmer.

Nach dem Mittagessen erfahre ich etwas mehr von meinen Bettgenossen. Heute ist Dienstag und die drei Herren warten geschlossen seit Sonntag - dem Tag ihres Erscheinens im Spital – darauf, dass ihre OP durchgeführt wird.

Mein rechter Bettnachbar ist ein Nikotin- und Kaffee-Junkie. Er verlässt in gewissen Zeitabständen das Zimmer, um eine rauchen zu gehen.

Auf seinem Rückweg kommt er am Getränkeautomaten vorbei, wo er sich einen Becher Kaffee zapft.

Völlig überraschend wird er noch am selben Tag mit seinem Bett aus dem Zimmer geschoben. Endlich ist es soweit; der Stent wird gesetzt.

Als er eine geraume Weile später wieder zurückgebracht wird, erzählt er von seiner OP.

„Der Stent, den sie mir gesetzt haben, ist 3 Zentimeter lang. Das längst mögliche Maß beträgt 4 Zentimeter. Da habe ich noch einmal Glück gehabt. Die OP erfolgte über den Unterarm. Es hat nicht wirklich wehgetan."

Ich erfahre, dass es zwei Möglichkeiten des Stent-Setzens gibt. Die eine über den Unterarm, und die andere – etwas unangenehmere – über die Leiste.

Am Nachmittag kommt **Geheimagent 1407** zu Besuch. Sie gibt sich als meine Ehefrau aus. Das ist die ideale Tarnung.

Sie bringt mir einiges Equipment mit, das ich bei der Einlieferung logischerweise ja nicht mitführen konnte.

Es sind dies eine Kamera, als Kugelschreiber getarnt und eine Abhörvorrichtung, welche am Körper angebracht wird.

Ich gehe ins Bad, um sie anzulegen und auch auszuprobieren.

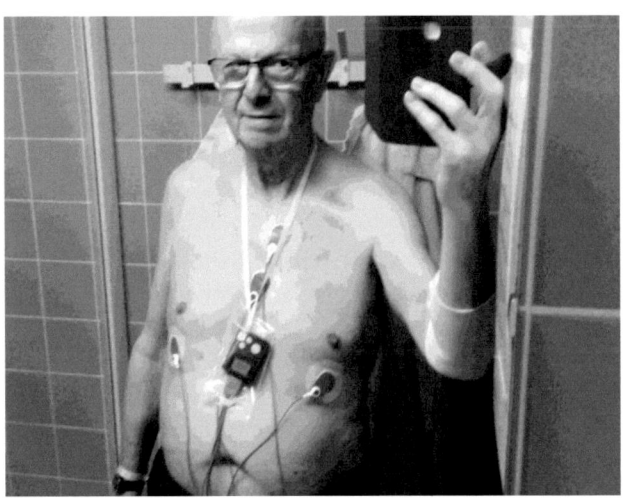

Ich mache eine Sprechprobe und **Agent 1407** kontrolliert die Aufnahme. Dazu trägt sie ein Mikro in ihrem Ohr.

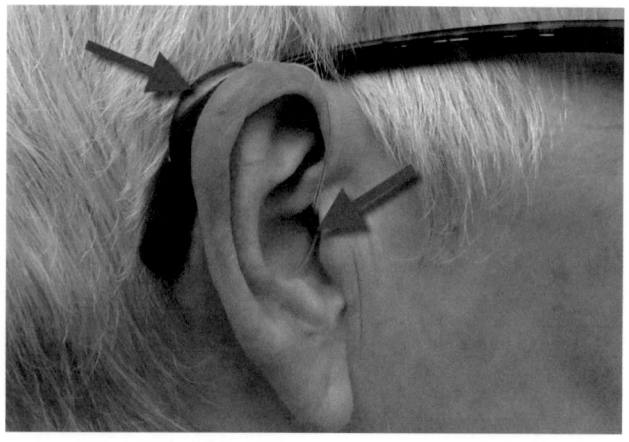

Das Mikro ist getarnt als Hörapparat und somit völlig unverfänglich.

Als ich wieder zurück im Zimmer bin, bestätigt **1407** den guten Empfang. Danach bleibt sie noch eine Weile, um den Eindruck einer liebenden Gattin glaubhaft darzustellen.

Beim Verabschieden will ich ihr einen Kuss auf den Mund geben, wie das sich Liebende nun einmal zu tun pflegen.

1407 wendet sich noch rechtzeitig ab und reicht mir statt des Mundes ihre Wange dar. Ich begnüge mich damit. Ein zürnender Blick kündet mir, dass ich den Bogen gerad eben etwas überspannt habe.

Ich kenne **1407** schon seit vielen Jahren und diversen Einsätzen. Sie hat mir von Anfang an gefallen; aber ich konnte nie bei ihr landen.

Am nächsten Morgen, noch vor dem Frühstück, wird Kandidat zwei zur OP abgeholt. Er freut sich, bedeutet es doch, dass er zeitnah die Klinke verlassen darf.

Nachdem er wieder zurückgebracht wurde, erzählt er wenig später danach von seinem Erlebnis. Bei ihm genügte ein Stent von einem knappen Zentimeter Länge.

Er sagt das fast ein wenig traurig, wohl im Hinblick darauf, dass mein Nachbar stolze 3 Zentimeter vorweisen kann.

Ja, ja, die Männer und die „Sache mit der Länge", ein ewiges Thema…

Bei der Visite erfahre ich, dass mein Aufenthalt zu Ende ist. Ich kann noch heute das Spital wieder verlassen.

Juhu!

In dem Bewusstsein, unerwartet gut verköstigt geworden zu sein, aber ohne den blassen Schimmer, was denn nun der Auslöser meiner Maläsen war, werde ich wieder auf freien Fuß gesetzt.

„Bei deutlich erhöhten Blutdruckwerten adaptie-
ren wir die antihypertensive Therapie und etablieren
Zanipril. Wir können Herrn Geiger in gebessertem
Allgemein- sowie stabilem kardiorespiratorischen
Zustand aus der stationären Betreuung nach Hause
entlassen."

Bewaffnet mit dieser Zusammenfassung, die da in
meinem ärztlichen Entlassungsbrief steht, verlasse ich
also das Spital, um am nächsten Tag wieder zu erscheinen...

Noch am gleichen Abend nehme ich an einer Videokonferenz mit meinem Arbeitgeber teil.

Die **IHIA** ist not amused über meinen „Kurzur-
laub" im Spital, zumal ich ja keinerlei Ergebnisse
meiner „Mission Undercover" liefern kann.

„Sie müssen sich unbedingt wieder ins Spital ein-
liefern lassen. Wie Sie das machen, ist uns egal."

Mit diesen klaren Worten beendet mein Gegenüber
die Videokonferenz. Er meldet sich ab und ich starre
ratlos auf den leeren Bildschirm.

„Warum tu ich mir das an", höre ich mich sagen,
„habe ich das wirklich nötig?"

Die Antwort ist „JA". Wenn man ein Auslaufmo-
dell ist, so wie ich eines bin, dann fühlt man sich sehr
oft einsam. Ich bin alleinstehend, habe keine Kinder,
und was Freunde angeht, da sind die meisten schon in
einer hoffentlich besseren Welt.

„Eine Idee muss her; ich brauche dringend eine gute Idee…"

Und dann fällt mir Didi ein, ein noch lebender Freund. Eigentlich heißt er Dietrich Bernau und ist Arzt. Sogar ein noch praktizierender.

Genaugenommen ist er Zahnarzt. Er betreibt mit seiner Ehefrau Birgit eine kleine Praxis. Birgit ist seine Assistentin. Ich war sogar früher einmal in sie verliebt. Aber das tut hier nichts zur Sache.

Ich rufe ihn an, um ihm zu sagen, dass ich ihn dringend sprechen muss. Wir verabreden uns für den frühen Nachmittag.

Als ich ihm meine Bitte vortrage, zögert er zuerst mit der Bemerkung: *„Wenn der Schwindel herauskommt, könnte mich das meine Approbation kosten."*

Seine Gattin Birgit zerstreut jedoch seine Bedenken mit den Worten: *„No risk – no fun."*

Sollte ich bisher gezweifelt haben, ob Birgit vielleicht ja doch früher auch ein wenig in mich verliebt war, so haben sich diese Zweifel soeben in Luft aufgelöst.

Mein Freund, Dr. Dietrich Bernau, nimmt den Hörer und wählt die 144. Nur wenige Minuten später fahre ich erneut im Rettungswagen des Roten Kreuzes zurück in die Klinik, in welcher ich noch vor wenigen Stunden als Patient gelegen war.

Das gleiche Prozedere wie vor drei Tagen: Blut abzapfen, einen Zugang legen und warten. Eines ist jedoch dieses Mal anders.

Anstatt sofort auf die Station verfrachtet zu werden, werde ich in ein Kämmerlein geschoben, welches an den Raum der Notaufnahme angrenzt.

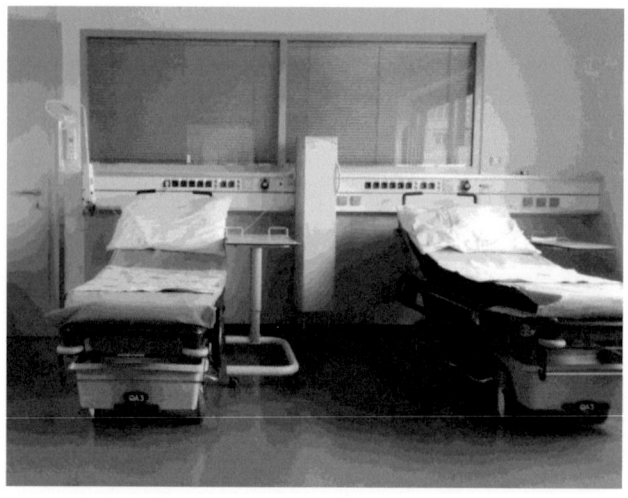

Da sitze ich nun und starre auf mein Vis-à-vis. Es sind zwei Betten, welche mich anlächeln. Nach einigen Minuten beginnt mein Rücken zu rebellieren.

Bedingt durch mein mit drei Schrauben fixiertes Iliosakralgelenk *(es ist das Gelenk, welches zwischen Kreuz- und Darmbein die Wirbelsäule mit dem Becken verbindet. Es wird auch Kreuzdarmbeingelenk genannt und ist ein straffes Gelenk mit geringer Beweglichkeit von wenigen Millimetern)*, kann ich nur auf Sitzmöbeln verweilen, welche eine schräg verlaufende, durchgehende Rückenlehne haben.

Ich spreche mir Mut zu. Allzulange kann es ja wohl nicht dauern, bis es weiter geht.

Der junge Mann (vermutlich ein Azubi), der mich hier geparkt hat, geht einige Male auf dem Gang vor dem Kämmerlein in beide Richtungen vorbei.

Jedes Mal, wenn ich ihn ansprechen will, ist er schneller. Dann erwische ich ihn. Ich frage ihn, wann ich endlich auf die Station gebracht werde.

Er antwortet mir: *„Sobald das Labor vorliegt.“*

Als ich ihn weiter frage, wie lange das dauert, kommt die ernüchternde Antwort: *„1½ Stunden.“*

Ich bedeute ihm, dass ich keinesfalls solange auf der für mich total unbequemen, fahrbaren Sitzgelegenheit ausharren kann, ohne Schaden zu nehmen.

Das bringt mir die pragmatische Antwort ein:

„Sie können sich ja auf eines der Betten legen."

Diesem liebevollen Rat folge ich auf der Stelle. Ich lege mich auf eines der Betten vis-à-vis und mache ein Nickerchen.

Zumindest hatte ich das vor. Das wurde jedoch zunichtegemacht, als zwei Helfer des Roten Kreuzes ein neues Opfer hereinkarren.

Der Mann, es handelt sich um ein ca. zwei Meter großes Muskelpaket, kann sich selbstständig von der Liege der Rettung auf das Bett im Zimmer legen.

Als die beiden Helfer den Raum verlassen haben, beginnt der Lackel ein Telefonat mit seiner Liebsten, dem ich Wort für Wort hilflos ausgeliefert bin.

„Don't worry! ", I love you", Give me a kiss baby!", All is fine", I kiss you sweetie."

So geht das in einer Tour und ohne Pause. Ich erhasche einen kurzen Blick auf den Riesen, der wie ein Maikäfer auf dem Rücken liegt, und in einem Gemisch aus englisch und deutsch seine Gesprächspartnerin besülzt.

Ich kann erkennen, dass er gut gekleidet ist und ich vermute, dass er dem Aussehen nach aus dem Osten kommt.

Außerdem konnte ich dem Gespräch entnehmen, dass der Kerl scheinbar auf einem Schiff arbeitet und sich das Bein verletzt hat.

Was mich jedoch im hohen Maße erstaunt, ist die Tatsache, dass dieser Mensch so laut redet, als wäre er allein auf der Welt.

Und was mich einige Zeit noch mehr erstaunt, ist die Art über meinen Kopf hinweg zu sprechen, als gäbe es mich nicht, oder ich wäre nur ein Gegenstand.

Zurück in die Notaufnahme geschoben, muss ich zuhören, wie man mit mir weiter verfährt.

„Die Kardiologen wollen ihn nicht.“

Wen meinen die mit *„ihn“*? Meinen die einen Schrank oder einen Drehstuhl? Mich können sie ja nicht gemeint haben, denn ich habe ja einen Namen.

Und wenn der gerade nicht zur Hand sein sollte, *„Patient“* wäre auch in Ordnung.

„Bringen wir ihn erst einmal in die Lungenambulanz.“

*„Hallo! Ich bin `s und ich habe einen Namen. Entweder **Wilhelm Geiger** oder einfach nur **Patient**. **Ihn** heiße ich auf keinen Fall!“*

Das denke ich still bei mir; spreche es aber nicht aus. Es hätte wohl auch keinen Sinn. Das ist gelebter Zeitgeist. Manieren und Respekt sind eine aussterbende Spezies.

Um es mit Ovid zu sagen:

„Tempora mutantur, nos et mutamur in illis."[7]

So komme ich zum wiederholten Male in das Reich von Dr. „Ghost" und seinen Gehilfinnen.

Ich habe mir den Namen ausgedacht, weil dieser Mann sich bewegt wie ein Geist und ebenso wortkarg ist. Ich sehe ihn als einen in sich ruhenden Phlegmatiker.

Er hört mich ab von allen Seiten, und ich erzähle ihm meine Geschichte. Er hört mir zu, spricht aber selbst kein Wort.

Schließlich ringt er sich zu einem Entschluss durch:

„Dg: Dyspnoe unklarer Genese (Erschwerte Atmung unklarer Herkunft).

Weiteres Prozedere: C/P (Cor-pulmo – Herz-Lungen-Röntgen).

---

[7] „Die Zeiten ändern sich, und wir ändern uns in ihnen."

Stationäre Aufnahme – Observation (Beobachtung).

Endlich verfrachtet man mich auf die Station **Pneumologie**.

In meinem neuen Zuhause befinden sich außer mir noch drei weitere Patienten.

Einer davon ist an ein Gerät angeschlossen, das einen Höllenlärm macht. Es erinnert mich spontan an einen alten Traktor.

Die Vorfreude auf die kommende Nacht ist dementsprechend…

Dann „defilieren" verschiedene Ärzte an meiner Bettstatt vorüber. Ich erzähle zum x-ten Mal meine Geschichte, und der Tenor aller Beteiligten lautet:

„Die Ursache muss eruiert werden."

Das stimmt mich hoffnungsfroh, bedeutet es doch, dass ich mit Sicherheit länger hier verweilen werde. So kann ich meinen Auftrag auch ordentlich erledigen.

Die Nacht wird zu einer Herausforderung der besonderen Art. Das undefinierbare Gerät meines Bettnachbarn prüft meine Geduld.

Gott sei Dank, verfüge ich über eine beträchtliche Menge dieser kostbaren Eigenschaft. Was erschwerend hinzukommt, ist die Tatsache, dass ich über einen leichten, eher oberflächlichen Schlaf verfüge. So gegen 5 Uhr morgens kommt dann endlich der Tiefschlaf. Nur leider viel zu spät.

Ich mache aus der Not eine Tugend und schleiche gegen Mitternacht aus dem Zimmer. Unweit von hier befinden sich eine Sitzecke und ein Getränkeautomat.

Dort setze ich mich nieder und rufe Skype auf. Ich habe mit meinem Kontaktmann vereinbart, jeden Tag um punkt Mitternacht Bericht zu erstatten.

Um diese Zeit ist niemand unterwegs, und ich kann ungestört meinem Auftrag nachkommen.

Mein Kontaktmann erscheint pünktlich. Es ist nicht gerade viel, was ich zu berichten habe, wenn man einmal davon absieht, dass ich die Notwendigkeit eines weiteren Besuches in der Lungenambulanz nicht nachvollziehen kann. Ich war ja erst vor drei Tagen dort.

Es wird nur ein kurzes Gespräch. Mein Problem mit der gestörten Nachtruhe lasse ich unerwähnt. Mein Kontaktmann ist der letzte, der Verständnis dafür hätte.

Ich gehe wieder zurück in mein Zimmer und starte Versuch 2 in Sachen Einschlafen.

Dann ist die Nacht vorüber. Es gibt Frühstück. So etwas nach 6 Uhr wird ein Tablett hereingebracht, auf welchem sich Teller, Tasse, Messer und 2 Würfeln Butter befinden.

Das ist ein äußerst sinnvolles Vorgehen. Gegen 7 Uhr kommt Mann oder Frau mit dem „Körberl". Man wird vor die Entscheidung gestellt, was man haben möchte: Gebäck, Mischbrot oder Vollkornbrot?

Weitere Entscheidungen stehen an: Wurst oder Käse, Kaffee oder Tee?

Ich wähle Kaffee schwarz, 2 Semmerln, Wurst und Käse.

Im Gegensatz zu der Station, auf welcher ich noch vor wenigen Tagen gelegen bin, ist hier die Butter streichfähig. Dem klugen Vorgehen der Verantwortlichen sei Dank!

Ich lasse mir mein Frühstück gut schmecken.

Kaum, dass ich damit fertig bin, werde ich abgeholt. Es geht zur Sonografie. Genauer gesagt, zur Herzsonografie.

Als ich mich in Seitenlage befinde, beugt sich der Herr Doktor über mich. Ich spüre seinen durchtrainierten Körper auf dem meinen, als er den Schallkopf virtuos um mein Herz kreisen lässt.

In meinem Kopfkino läuft gerade ein Film ab. Die gleiche Untersuchung von einer Ärztin durchgeführt, würde ich wahrscheinlich als weit weniger bedrohlich empfinden.

Nach nur wenigen Minuten ist es vorbei. Ich wische mir das Gleitmittel ab und bedanke mich. Eingedenk der körperlichen Nähe während der Untersuchung bin ich im Nachhinein sehr froh, dass der sympathische Mensch eine gepflegte Erscheinung ist.

Als ich zurück ins Zimmer komme, wartet eine Überraschung auf mich.

Man verpasst mir eine schieb- bzw. ziehbare Sauerstofftankstelle (je nach dem, wie man dieses Teil bewegt), und unterweist mich in seinem Gebrauch.

Jedes Mal, wenn ich das Zimmer verlasse, muss ich mir einen dünnen Plastikschlauch anhängen, über welchen Sauerstoff in meine Nase gelangt.

Das gilt auch für den kurzen Weg zum WC, welches unmittelbar an unser Zimmer angrenzt.

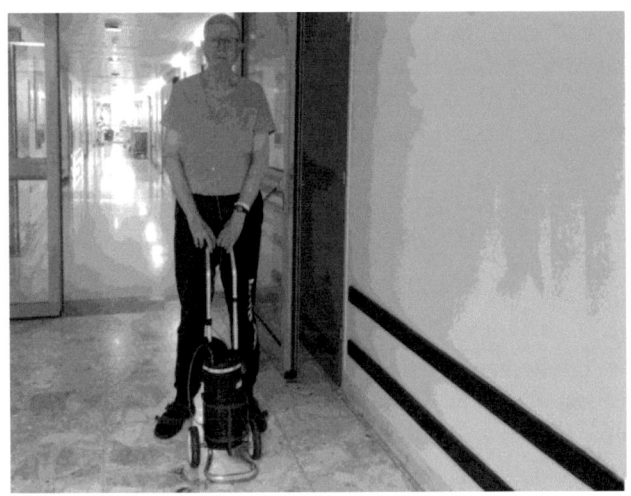

Sobald ich dieses Teil anlege, stelle ich den Schalter von Stufe NULL auf Stufe ZWEI. So flaniere ich dann mehrmals am Tag durch die Flure im Stockwerk.

Die beiden Mitpatienten wurden entlassen, und ich bin jetzt mit dem „Traktormann", wie ich ihn für mich auf despektierliche Weise getauft habe, allein im Zimmer.

Als er von seiner Gattin besucht wird, und ich die Dame sprechen höre, werde ich überrascht. Ich liege auf der Seite, mit meinem Rücken den beiden zugewandt.

Dem Sprachduktus und der Stimmfarbe nach, könnte man meinen, die junge Elfriede Ott, eine bekannte, österreichische Theater- und Filmschauspielerin wäre im Raum.

Ich kann nicht umhin, die sympathische Dame daraufhin anzusprechen. Sie ist überrascht, als ich das sage, aber mehr noch bin ich überrascht, dass ihr das zuvor noch niemand gesagt hat.

Dann kommen wir in ein Gespräch. Ich erfahre, dass mein Bettnachbar sehr krank ist. Seine Lunge baut immer mehr ab und sein Lebensweg führt nur noch in eine Richtung.

Ich bedaure das sehr, und ich schäme mich fast ein wenig dafür, dass ich ihn „Traktormann" getauft habe, obwohl ich es natürlich nie ausgesprochen habe.

Ich empfinde neben Mitleid auch Bewunderung für diese beiden Menschen. Die Art, wie sie mit der Situation umgehen, ringt mir den allergrößten Respekt ab.

Im Laufe des Abends erreicht uns eine betrübliche Nachricht. Der „Traktormann" soll in ein anderes Zimmer verlegt werden.

Obwohl mir der Lärm des Gerätes, welches meinem Nachbarn das Leben ein wenig erträglicher macht, sehr zusetzt, würde ich dennoch weiter gern mit ihm zusammenbleiben.

Dass dieser Wunsch in Erfüllung gehen sollte, erfahre ich schon bald danach. Meine augenblickliche Freude kehrt sich jedoch sehr schnell in totale Panik um.

Wir müssen beide unsere „Suite" verlassen, um in ein Zweibettzimmer zu übersiedeln. Unser Vierbettzimmer wird für Damen gebraucht.

„Zweibettzimmer, das klingt doch wunderbar", so denke ich spontan; aber nur so lange, bis ich es sehe.

„Immer, wenn du denkst, schlimmer geht `s nicht mehr, kommt flugs ein Besenkammerl her."

So könnte man ein bekanntes Sprichwort abwandeln.

Das Zimmer (eigentlich mehr ein Kammerl), in welches wir verfrachtet werden, hat gerade Platz für zwei Betten. Wir liegen – wie zwei Heringe in der Dose – dicht bei dicht, nur durch ein Nachtkastel getrennt.

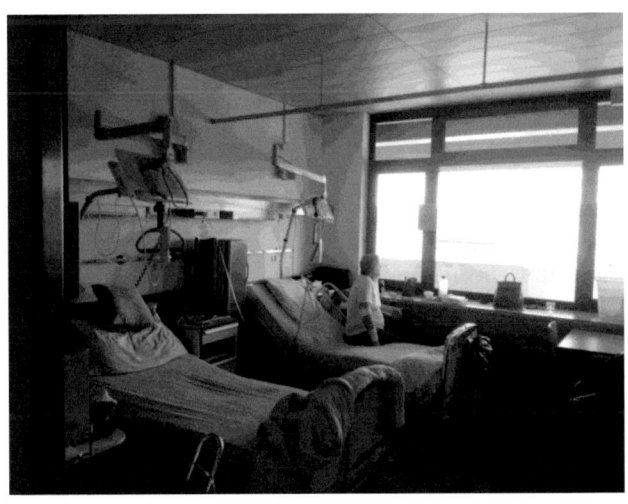

Die Vorstellung, die kommende Nacht ständig einen Traktor mit laufendem Motor neben mir zu haben, treibt mir den Angstschweiß auf die Stirn.

Ich gehe zur Station und lege die Situation dem Herrn Diplom-Pfleger dar. Ich schildere ihm mein Problem, dass ich überdurchschnittlich gut höre, und dass ich einen sehr leichten Schlaf habe.

Daraufhin bietet er mir als Lösung Schlafpulver an oder Ohrstöpsel. Er vergisst dabei nicht zu erwähnen, dass es sich hierbei um eine völlig neue Generation dieses Hilfsmittels handle.

Beides lehne ich vehement ab. Ich drohe, dass ich die Nacht auf dem Flur sitzend verbringen werde, und dass das nicht zwingend zu meiner Genesung beitragen würde.

In all meiner Verzweiflung frage ich, ob die Möglichkeit bestünde, dass ich auf KLASSE upgrade. Dann kommt der absolute Hammer:

„Das Zimmer, in welchem Sie gerade liegen, ist ein KLASSE-Zimmer."

Ich schaue den jungen Mann an, als wäre er ein Außerirdischer. Resignation droht sich breitzumachen.

Mein Vorstellungsvermögen ist bereit, gerade so weit zu gehen, mir das Besenkammerl für ein Bett und eine Person vorzustellen. Aber selbst das fällt mir schwer.

Ich reiße mich zusammen und wage einen weiteren Versuch. Mit ruhiger, gefasster Stimme und einer kleinen Prise Devotion flehe ich um eine Lösung.

Da fällt der magische Satz:

„Ich kann höchstens versuchen, ob ich jemand finde, der mit Ihnen tauscht."

Ich kann mir das zwar nicht wirklich vorstellen, bin jedoch nahe daran den Mann zu umarmen, und das Originalzitat von vorhin drängt sich mir auf:

„Immer, wenn du denkst, es geht nicht mehr, kommt von irgendwo ein Lichtlein her…"

Und tatsächlich. Ein Wunder ist soeben geschehen. Mein Ritter und Held DGKP (Diplomkrankenpfleger) G. hat das Unmögliche möglich gemacht.

Er hat einen Menschen gefunden, der, aus mir unerfindlichen Gründen, das Zimmer mit mir tauscht. Ich kann mein Glück noch gar nicht fassen.

Betten und Nachtkästchen werde hin- und hergeschoben, und dann lande ich in einem geräumigen Vierbettzimmer.

Dort werde ich von zwei Bettgenossen erwartet, die sich gerade über den jungen Mann austauschen, der mir zu meinem Glück verholfen hat.

Ich kann nicht genau verstehen, was da gesprochen wird, aber es klingt eher abwertend, so als hätte mein

Vorgänger mentale Probleme, um es wohlwollend auszudrücken.

Mein unmittelbarer Nachbar ist eine rechte Type. Wenn er mit seiner fahrbaren Sauerstoffflasche durch das Zimmer rauscht, dann kommt das Geräusch, welches dabei entsteht, dem eines Panzers recht nahe.

Ich taufe ihn für mich „Panzergeneral".

Er fährt jeden Morgen mit dem Fahrstuhl hinunter und holt zwei kostenlose Zeitungen, welche im Foyer, nahe dem Eingang, zur freien Entnahme bereit liegen.

Genau genommen holt er die illustrierten Werbeblätter in doppelter Ausführung. Eine für sich selbst und eine für den anderen Mitpatienten.

Ab morgen werde ich in diesen privilegierten Kreis aufgenommen werden.

Ich habe den „Traktormann" nicht verlassen, ohne ihn um sein Verständnis zu bitten. Ich tue das im Beisein seiner Gattin.

Gleichwohl wie er selbst, zeigt auch sie Verständnis für mein Handeln. Als kleines Zeichen meines Dankes, schenke ich ihm einen der Krimis des bekannten Autors Juergen von Rehberg, welche ich als Lesestoff dabeihabe.

Über dem Bett des „Panzergenerals" hängt ein Glasbehältnis (Sauerstoffbefeuchterflasche), in welchem eine Flüssigkeit munter vor sich her sprudelt.

Es klingt wie das Plätschern eines Gebirgsbächleins, und ist – im Vergleich zu dem bisher Erlebten an Geräuschen – ein akustisches Labsal.

Mit diesem Geräusch kann ich sehr gut leben. Entsprechend verläuft auch die Nacht, und ich hätte beinahe meine tägliche Skype-Verabredung um Mitternacht verschlafen.

Über jedem Bett hängt ein Flachbildschirm-TV mit Anschluss für einen Kopfhörer. Das ist eine wunderbare und sinnvolle Einrichtung. So stört keiner den anderen, und somit entfällt auch die lästige Entscheidung über das zu konsumierende Programm.

Punkt Mitternacht sitze ich wieder auf dem Flur und skype mit der Zentrale. Ich habe meinen ersten wirklichen Missstand zu berichten, die Sache mit dem „KLASSE-Zimmer".

Mit einem aufmunternden *„gut gemacht, 1307, weiter so!"*, wird die Videokonferenz beendet.

Am nächsten Morgen wird mir während der Visite das Programm für die kommenden Tage mitgeteilt:

Montag: Kontrastmittel-MRT der Nebenniere

Dienstag: Szintigrafie der Lunge

Mittwoch: 24-Stunden-EKG

Der Tag beginnt für mich um 5 Uhr in der Früh. Da kommt eine Schwester mit einer Spritze für die Blutverdünnung.

Ich werde jedes Mal vor die Wahl gestellt: Oberschenkel oder Bauch? Ich wähle Bauch, da ist genügend Speck vorhanden.

Dasselbe Prozedere wiederholt sich dann am frühen Abend.

Seit gestern habe ich Schmerzen am linken, unteren Augenlidrand. Es sieht aus, als hätte ich ein „Gerstenkorn".

Als Gerstenkorn (Hordeolum) wird eine Schwellung am Augenlid bezeichnet, die akut und plötzlich auftritt und durch eine Entzündung der Talg- bzw. Schweißdrüsen am Auge hervorgerufen wird.

Da es sich um eine bakterielle Entzündung handelt, liegt der Verdacht nahe, dass ich eventuell das Opfer eines Zentralkeimlagers geworden bin, wozu Spitäler nun einmal gehören. Aber wie gesagt, es handelt sich hierbei nur um einen Verdacht meinerseits.

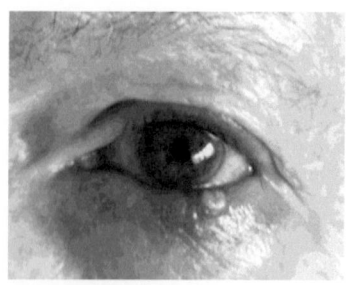

Der neue Tag beginnt mit dem MRT. Es dauert etwa eine halbe Stunde und verläuft ohne Probleme.

Bei der Visite, durchgeführt von einer sehr sympathischen Oberärztin und einem ebenso sympathischen Assistenzarzt (Marke Schwiegermuttertyp), teilt man mir mit, dass es sich um eine verkalkte Stelle in der Nebenniere handelt, welche gutartig ist und beobachtet werden sollte.

Ich spreche mein Augenproblem an, und man eröffnet mir, dass ein externer Konsiliararzt hinzugezogen wird.

Als weiteres Vorgehen wird mir ein Schädel-CT avisiert. Ich vermute, man will kontrollieren, wie weit ich bei klarem Verstand bin…

Nur wenig später versetzt mich eine Frau in Weiß mit diesen Worten kurzfristig in Schockstarre:

„Ich habe lange überlegt, ob ich mich outen soll. Ich kenne Sie."

Ich bekomme einen trockenen Mund. Ich kenne diese Frau nicht, aber ich fürchte, dass in diesem Augenblick meine Tarnung auffliegen wird.

Doch dann kommt der erlösende Satz:

„Wir sind auf Facebook befreundet."

Und jetzt erkenne ich auch die Frau. Wir freuen uns über das außergewöhnliche Treffen.

Ich habe mich vor einiger Zeit auf Facebook angemeldet, um Kontakt zu anderen Menschen zu haben.

Es ist mir sehr wohl bewusst, dass diese sogenannten Freundschaften nur virtuell sind, auch wenn das manche nicht zu begreifen scheinen; aber es macht irgendwie Spaß, und es vertreibt die Langeweile.

Noch am selben Abend kommt ein Augenarzt vorbei. Es ist lustigerweise mein eigener Augenarzt, bei dem ich noch vor Kurzem war, um mir eine neue Brille verschreiben zu lassen.

Ich erkenne ihn sofort. Er erkennt mich hingegen nicht. Bei der Vielzahl seiner Patienten kann ich das nachvollziehen.

Er verordnet mir Tropfen für den Tag und eine Salbe für die Nacht. Fünfmal über den Tag verteilt.

„Es sollte sich in einer Woche erledigt haben", so die frohe Botschaft, die sich jedoch als falsch erweisen wird.

Ich mache sehr zeitig den Fernseher und das Licht aus, da ich morgen Früh mit der Rettung zu einem anderen Spital gefahren werde, wo eine **Szintigrafie** durchgeführt werden soll.

Dieses Verfahren soll mit letzter Sicherheit klären, ob ein Lungeninfarkt vorgelegen hat oder nicht. Ich bin schon sehr gespannt.

*Als **Szintigrafie** bezeichnet man ein nuklearmedizinisches Verfahren zur Darstellung von Körpergewebe. Dabei nutzt man schwach radioaktive Stoffe, die sich in verschiedenen Organen ansammeln. Die von ihnen abgegebene Strahlung wird gemessen und liefert Hinweise auf die Stoffwechselaktivität und Durchblutung des Gewebes.*

Ein freundlicher Fahrer und eine ebenso freundliche, junge Frau holen mich ab. Während der Fahrt entwickelt sich eine angeregte Unterhaltung.

Wir sitzen im hinteren Teil des Fahrzeugs einander gegenüber. Mein hübsches Vis-à-vis erzählt mir, dass sie ein soziales Jahr absolviert. Danach möchte sie vielleicht in den Pflegeberuf gehen.

Ihre offene, freundliche Art mir gegenüber, und ihre Art, wie sie mit mir spricht, bringt mich zu der Überzeugung, dass das wohl eine sehr gute Wahl wäre.

Dann sind wir da. Ich werde in den Wartebereich geschickt, und schon kurz danach werde ich abgeholt.

Man steckt mir ein Plastikteil in den Mund, durch welches ich tief einatmen – anhalten – und wieder ausatmen muss.

Dieses Prozedere wird wiederholt. Es dient der Belüftung der Lunge. Jetzt bindet mir die Frau einen Mundschutz um und heißt mich auf das „Förderband" des Gerätes zu legen.

Das Kontrastmittel wird eingespritzt. Es ist nicht jodhaltig, und irgendwelche „Atemübungen" sind auch nicht mehr vonnöten. Teil 1 dauert 11 Minuten, und Teil 2 dann noch einmal 17 Minuten.

Und dann bin ich auch schon fertig. Ich werde noch angehalten, so viel wie möglich zu trinken, damit die radioaktiven Stoffe aus dem Körper ausgeschwemmt werden können.

Als ich das WC aufsuche, entdecke ich etwas Interessantes. Ich komme nicht umhin, mein Smartphone zu zücken, um es zu dokumentieren.

Ein kleines Lächeln legt sich um meine Mundwinkel, denn so etwas erlebt der Mensch ja nicht alle Tage...

Das meine ich nicht, das kennt schließlich jeder in der einen oder anderen Form. Es geht um das Schild darüber.

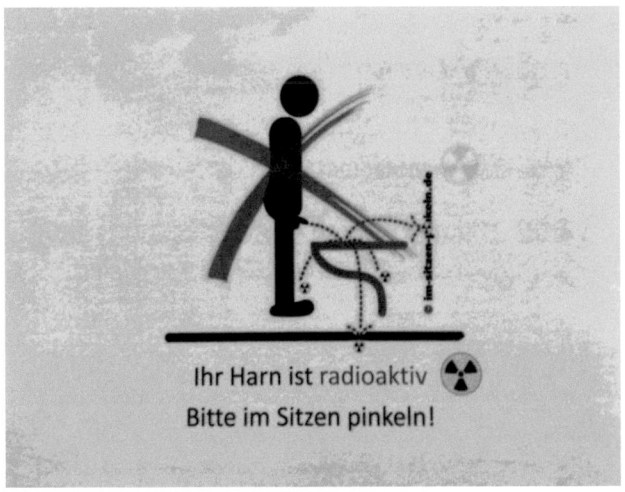

Ein Gedanke huscht mir durch die dunklen Gänge meines Gehirns: *„Ob mein Urin jetzt gerade fluoreszierend ist?"*

Mein „Taxi" ist auch schon da. Dieses Mal nicht vom Roten Kreuz, sondern vom ASBÖ (Arbeitersamariterbund). Das ist eine Hilfsorganisation, welche sich auf für Krankentransporte einsetzt, ähnlich den Johannitern und den Maltesern.

Vom Eintritt durch diese Tür links bis zum Austritt aus der Eingangstür rechts ist gerade einmal eine knappe Stunde vergangen.

Bei der Rückfahrt sitzt mir dieses Mal ein junger Mann gegenüber. Und wieder entspinnt sich ein Gespräch.

Mein Gegenüber leistet seinen Zivildienst ab. Im Gegensatz zum Wehrdienst, welcher nur 6 Monate dauert, dauert der Zivildienst 9 Monate.

In meinen Augen ein schwacher Versuch, jungen Menschen den Wehrdienst „schmackhafter" zu machen.

Danach will der junge Mann Medizin studieren. Auch hier gewinne ich den Eindruck, dass dies ebenfalls eine gute Wahl ist.

Im Befund wird später stehen:

*„Die diskrete keilförmige Veränderung im linken oberen Lungenlappen möglicherweise einer alten **PE** entsprechend."*

PE steht für Probeexzision, besser bekannt als „Biopsie". Nur dass ich diese „Kaffeesatzleserei" nicht bestätigen kann, weil es so etwas bei mir noch nicht gegeben hat.

Vielleicht hätte man mich darauf ansprechen können. Wäre doch eine Möglichkeit gewesen, oder?

Interessant ist in diesem Zusammenhang eine Bemerkung meiner Osteopathin, nach meiner Entlassung aus dem Spital.

Die Veränderung in der Lunge hängt mit meiner linken Lunge zusammen. Doch dazu später mehr.

Die Stunden danach von Dr. OMG[8] durchgeführte Visite erregt mein Missfallen.

Als der „Panzergeneral" einen Anruf erhält – es geht um die Lieferung der lebensnotwendigen Sauerstoffmenge für zuhause – fühlt sich der Herr Doktor in hohem Maße gestört.

Er dokumentiert das, indem er den Zeigefinger seiner rechten Hand auf seinen Tragus legt.

Tragus (altgriechisch für Ziegenbock') ist die anatomische Bezeichnung für jenen Knorpelanteil der Ohrmuschel, der eine Erhebung vor dem Eingang des äußeren Gehörgangs bildet und oft ein Haarbüschel trägt. Der einem Ziegenbart ähnliche Wuchs dieser Haare, „Tragi" genannt, war hier namensgebend.

Damit dokumentiert er für die mitgeführte medizinische Entourage sein Entsetzen über den gerade stattfindenden Störfall.

Diese Geste empfinde ich als äußerst präpotent und völlig überflüssig. Das laute Klingelsignal vom Handy des „Panzergenerals" ist der Notwendigkeit geschuldet, dass mein Bettnachbar schwerhörig ist.

Das muss ich um Mitternacht melden. Das ist ein absolutes „No-Go".

---

[8] OMG – Dieses Akronym trägt die Bedeutung „Oh my fucking God!"

Etwas später kommt noch die Stationsschwester, um sich von mir das Einverständnis für das avisierte Schädel-CT zu holen. Ich mag diese Frau sehr, vor allem ihre feinfühlige und ruhige Art.

Als sie gegangen ist, meldet sich der Flurfunk in Person des „Panzergenerals".

Er hat bei einem seiner Rundgänge mitbekommen, dass der junge Mann, der mit mir dankenswerterweise den Bettplatz getauscht hat, zusammen mit dem Herrn Primarius, den Eltern, sowie weiterem Personal eine heftige Kontroverse auf dem Flur geführt hat.

Die Mutter zu ihrem Sprössling:

„Schau dich doch nur einmal im Spiegel an!"

Darauf schreit der Sohn in aufgebrachter Manier seine Mutter lautstark an. Der junge Mann scheint offensichtlich psychische Probleme zu haben.

Dass das wohl so sein könnte, unterstreichen Bemerkungen meiner beiden jetzigen bzw. ehemaligen Zimmerkollegen des jungen Mannes:

„Der hat doch einen gewaltigen Schaden…"

Um 22 Uhr wird der TV-Genuss gewaltsam unterbrochen. Wir haben einen vorübergehenden Stromausfall. Dieser wird umgehend behoben; jedoch nicht der TV-Ausfall.

Das rührt daher, dass das Trafo-Häuschen des Kabel-TV-Anbieters brennt. Vermutlich durch einen Blitzschlag. Man kann die Rauchsäule sogar vom Zimmer aus erkennen.

Ich überbrücke die Zeit bis Mitternacht mit Lesen. Dann melde ich mich wieder zur täglichen Videokonferenz.

Das Vorkommnis mit dem lauten Klingelton und das damit verbundene Missverhalten von Dr. „OMG" hat natürlich oberste Priorität.

Was den Disput auf dem Flur angeht, so halte ich mich bedeckt. Nachdem ich selbst nicht zugegen war, unterlasse ich es, darüber zu berichten.

Nicht etwa, weil ich den Worten des „Panzergenerals" nicht traue, ich habe den Tumult ja sogar selbst vom Zimmer aus mitbekommen. Aber Augenzeuge war ich dennoch nicht.

Diese Nacht hat es in sich.

Als ich am Ende der Konferenz schon wieder zurück zum Zimmer will, höre ich laute Hilferufe. Ich werde zunächst nicht fündig, von wo sie kommen.

Aber dann weiß ich es. Ich werde direkt darauf angesprochen:

„Hallo! Kommen Sie bitte schnell, sonst müssen wir alle sterben!"

Ich gehe der Stimme nach, und dann entdecke ich auch schon die ältere Dame im Rollstuhl. Ich stehe auf dem Flur, von welchem drei Türen in verschiedene Abteilungen führen.

Die Tür der Abteilung, aus welcher die Hilferufe kommen, ist offen, und am Ende des Ganges dieser Abteilung sitzt sie und winkt mir heftig zu.

„Bitte, kommen Sie schnell!"

Als ich nicht gleich reagiere, ruft sie noch einmal mit eindringlicher Stimme:

„Kommen Sie! Die wollen uns umbringen. Wir müssen sonst alle sterben."

Ich bin stark verunsichert. Obwohl ich einige Meter von der alten Frau entfernt bin, kann ich doch den verängstigten Blick in ihrem Gesicht erkennen.

Der Gang dieser Abteilung ist hell erleuchtet und menschenleer. Außer der ängstlichen Stimme der Frau herrscht vollkommene Stille.

Und außer mir befindet sich niemand in der Nähe. Ich beschließe, zu der Frau hinzugehen. Meine fahrbare Sauerstofftankstelle hinter mir herziehend, nähere ich mich Schritt für Schritt der angsterfüllten Frau.

Als ich schon fast bei ihr angekommen bin, kann ich einen Blick in das Zimmer werfen, neben dem die Frau in ihrem Rollstuhl sitzt.

Die Tür zum Zimmer ist weit offen, und ich gewahre zwei Schwestern, die bei der Arbeit sind. Was genau sie machen, verschließt sich meinem Blick.

Es fällt mir auf, dass sie nicht darauf reagieren, als die Frau im Rollstuhl mich weiterhin beschwört, *„ich möge ihr doch helfen."*

In diesem Augenblick begreife ich, dass es sich bei der hilfesuchenden Person um eine geistig verwirrte Frau handeln muss, und dass ihr Auftritt gerade wohl kaum der erste dieser Art ist.

Verunsichert und wohl auch etwas betroffen mache ich mich auf den Rückweg. Es verwundert mich, dass die Abteilung, in welcher dieser Vorgang gerade passiert ist, keine psychiatrische Abteilung ist.

Und ich stelle mir die berechtigte Frage, wie die Mitpatienten in dem Zimmer, zu welchem die Frau im Rollstuhl wahrscheinlich gehört, dazu kommen, diese verbalen Ausritte zu erdulden.

Nachdem ich jedoch keine genaueren Kenntnisse habe, beschließe ich die Angelegenheit auf sich beruhen zu lassen.

Der nächste Tag ist ein recht arbeitsreicher Tag.

Er beginnt unmittelbar nach dem Frühstück. Ich fahre mit dem Spitals-Taxi (einem fahrbaren Sessel) zum Schädel-CT.

Kaum bin ich wieder zurück, werde ich schon wieder abgeholt. Ein weiterer Besuch der Lungenambulanz steht an.

Mein Fahrer ist ein Multifunktionstalent. Er nimmt außer mir noch eine weitere Patientin in sein Schlepptau. Auf meine bewundernde Bemerkung hin, erklärt er mir, dass er diesen Vorgang auch schon mit drei Patienten gemacht habe. Nur müsse da die eine Person das Wagerl der dritten Person festhalten.

In der Lungenambulanz werde ich Zeuge eines patientenunfreundlichen Vorgangs.

Die Patientin, welche gemeinsam mit mir in der Ambulanz abgeliefert wurde, hat große Probleme mit Schleim. Sie hustet immer wieder, worauf ihr „Locke" einen kleinen Plastikbecher reicht, in welchen die Patientin bei Bedarf hineinspucken kann.

Die Überreichung des Bechers geschieht in recht kühler Manier, und die Patientin bedankt sich artig.

Außer der besagten Frau, ist noch eine weitere, älter Frau mit im Raum, die in einem Hochlehn-Rollstuhl sitzt.

Dann passiert es.

Als die Patientin mit ihrem Spuck-Becher einen heftigen Hustenreiz erfährt, steht sie auf und geht zu einem Waschbecken, welches gleich rechts von ihr an der Wand hängt.

Sie beugt sich darüber und spuckt in den Becher, den sie über dem Becken in ihrer Hand hält.

„Was für eine – durch und durch - verwerfliche Tat!"

So zumindest sieht es „Locke". Es folgt ein Aufschrei:

„Was machen Sie denn da? Das darf ja wohl nicht wahr sein. Jetzt kann ich das alles noch einmal desinfizieren."

„So what…"

Gemeint sind diverse Instrumente, welche neben dem Waschbecken, in einem mit Flüssigkeit gefüllten Behältnis liegen, um sie darin zu desinfizieren.

Der Patientin ist der Vorfall äußerst peinlich, wie man ihrem Gesichtsausdruck deutlich entnehmen kann. Sie entschuldigt sich immer wieder; jedoch es nützt nichts.

„Locke" lässt nicht von ihr ab. Sie walzt in ihrem Refugium hin und her, um dabei ihrer Kollegin gebetsmühlenartig zu bekunden, *„dass sie die ganze Arbeit noch einmal machen müsse."*

„Oh; das ist ja furchtbar…"

Die Patientin tut mir leid. Sie schaut hilflos herum, weitere Entschuldigungen vor sich hinmurmelnd. Ich erwäge kurz, zu intervenieren; lasse es aber sein.

Dann passiert der nächste Vorfall. Es geht um die ältere Mitpatientin in ihrem Hochlehn-Rollstuhl.

Es geht ihr augenscheinlich nicht gut. Ich schätze sie so um die 80 Jahre, und ich denke, sie hat Kreislaufprobleme.

Als sie erklärt, sie wolle die anstehende Untersuchung nicht durchführen lassen, erzeugt das nicht gerade Sympathie bei „Locke".

Doch dann rührt sich der gute Kern in dem scheinbar unnahbaren Wesen.

„Locke" bietet der alten Dame ein Glas Wasser an.

„Wollen `s vielleicht ein Glas Wasser?"

Die alte Dame, der es zusehend schlechter geht, murmelt etwas wie *„meine Tropfen auf dem Zimmer"*, was außer mir scheinbar niemand versteht.

Dann wird der skurrilen Situation die Krone aufgesetzt in Person des Wagerl-Schiebers, der hinter der alten Dame steht. Es handelt sich dabei jedoch nicht um meinen Chauffeur.

„Oder wollen `s vielleicht lieber a Bier?"

Diese Bemerkung eines Mitarbeiters in einem Spital erzeugt vorübergehende Sprachlosigkeit bei mir. Ich frage mich, ob ich Patient in einem Krankenhaus bin oder ein Besucher der „Horror Picture Show".

Dann habe ich meine Sprache wiedergewonnen.

„Die Dame fragt nach ihren Tropfen."

Mit diesen Worten bringe ich Erhellung in die scheinbar sinnentleerten Gehirne einiger Anwesenden. Der Mann mit der tollen Bier-Idee schiebt die ältere Dame aus dem Zimmer.

Dann bin ich an der Reihe. Mit dem Salbenpflaster am Ohr werde ich aufgefordert, im Wartebereich vor der Tür 5 Minuten lang rasch auf- und abzugehen.

Der Grund für diese Maßnahme resultiert aus meiner Unfähigkeit, Rad zu fahren. Mein operiertes ISG (Iliosakralgelenk – gelenkige Verbindung zwischen dem Kreuzbein und dem Darmbein) lässt es nicht zu.

Nach meinem Herumirren im Wartebereich, werde ich von meinem Pflaster befreit und kann zurück auf mein Zimmer.

Die nächste Aktion besteht im Anlegen eines 24-Stunden-EKGs. Meine spärlich behaarte Brust wird ratzfatz abrasiert und mit Elektroden bepflastert.

„Wie werde ich wohl damit schlafen können?"

Die Nacht ist vorüber, und ich konnte tatsächlich in mehreren Phasen schlafen.

Der „Panzergeneral" wird heute nach Hause gehen, was mir ein wenig leidtut. Er wird mir fehlen. Ich habe ihm das auch gesagt.

Kaum habe ich das 24-Stunden-EKG hinter mir, werde ich schon wieder „verkabelt".

Dieses Mal geht es um eine 24-Stunden-Blutdruck-Messung.

Dazu bekomme ich ein Kastel umgehängt, das mithilfe einer oder mehrerer Batterien alle Viertelstunde die Armmanschette aufpumpt, um eine Messung vorzunehmen. Nächtens geschieht das halbstündlich.

Die Physiotherapeutin schaut nach mir.

Es handelt sich um eine kleine, bagschierliche Person. Diese Bezeichnung ist ein wunderbares österreichisches Wort, für das es keine adäquate Übersetzung gibt.

Der Duden meint zwar „niedlich" und „schnuckelig", aber beide Worte passen nicht wirklich, meiner Meinung nach.

Die Physiotherapeutin will einen Test mit mir durchführen. Dazu geht sie mit mir ins Treppenhaus. Wir steigen gemeinsam 12 Stufen hinauf und wieder 12 Stufen hinunter.

Dazwischen muss ich einmal stehen bleiben, weil sich die nächste Blutdruckmessung laut vernehmlich ankündigt. Da stehe ich dann, wie zur Salzsäule erstarrt und warte ab, bis die „Entwarnung" kommt.

Die zu erwartende – ja vielleicht erhoffte – Atemknappheit bleibt aus. Schließlich ist man ja noch immer auf der Suche für den Auslöser.

Die sympathische, junge Therapeutin begleitet mein Tun mit großer Hingabe und mit viel Engagement.

Sie führt mich mit Worten, bietet mir an, dazwischen auszuruhen, falls nötig, und sie ist stets darauf bedacht, mich ggf. zu stützen, respektive aufzufangen.

Letzteres sollte – im Hinblick auf unser beider höchst unterschiedlicher Körperstatur– eher eine Illusion bleiben.

Das Auf- und Absteigen löst nichts aus. Alles paletti.

Kaum, dass ich das hinter mir habe, kommt auch schon die nächste holde Weiblichkeit zu mir. Es handelt sich um ein Mitglied aus dem Reich der „Orthopädie".

Wir führen ein angenehmes Gespräch über meinen steten Begleiter, Monsieur Forestier.

Morbus Forestier ist eine, nach dem französischen Internisten Jaques Forestier (1890-1978) benannte, systemische, nicht entzündliche Skeletterkrankung. Forestier selbst beschrieb die Erkrankung als eine greisenhaft versteifende Hyperostose der Wirbelsäule.

Für Nicht-Lateiner:

Als Hyperostose bezeichnet man eine krankhafte Vermehrung der Knochensubstanz, die sowohl nach innen als auch nach gerichtet sein kann.

Danach macht die sympathische, junge Ärztin einige Verrenkungen mit mir. Sie macht das sehr behutsam, und ich überlasse ihr voller Vertrauen meinen kleinen, schmächtigen, geschundenen Körper.

Die Verrenkungen werden von einem „Klack-Klack-Klack" begleitet, einem mir wohlvertrauten Geräusch, welches ich noch in guter Erinnerung aus der Zeit habe, in welcher ich als Masseur tätig war.

Es dokumentiert das sich Einreihen diverser Brustwirbel an ihren angestammten Platz.

Ich glaube eine leichte Veränderung zu spüren. Aber vielleicht ist hier auch nur der Wunsch der Vater des Gedankens. Ich weiß es nicht…

Versehen mit ein paar wohlgemeinten Ratschlägen, verabschiede ich mich von der hübschen, sympathischen Ärztin. Wir werden uns später auf Facebook wieder begegnen.

Mein Arbeitstag ist damit aber noch lange nicht zu Ende. Ein Röntgen steht noch an: Brustwirbelsäule im Stehen. Aber auch das bringt keine nennenswerten Erkenntnisse.

Am Abend kommt noch der Augenarzt vorbei. Ich kann ihm leider keine Besserung vermelden.

Die Nacht gestaltet sich – im Gegensatz zur Nacht davor– etwas aufregender.

Das liegt nicht zu sehr an dem unbequemen Kastel, als vielmehr an einem – die Nachtruhe empfindlich störenden – Ereignis.

Es ist 03:15 Uhr. Ich wache auf, weil ich ein Stimmengewirr vor der Tür wahrnehme.

„Frau Maier, bleiben ‵s do!"

„I geh zum Hirtl!"

„Frau Maier, Sie san im Spital!"

„I geh zum Hirtl!"

Gegen eine Unterhaltung, auch nach Mitternacht, wäre ja grundsätzlich nichts einzuwenden. Aber wenn diese äußerst lautstark stattfindet, dann schon.

Ich gehe hinaus, um mir das Spektakel aus der Nähe anzuschauen.

Es bietet sich mir folgendes Szenario:

Zwei Kieberer[9], eine ältere Frau im Nachthemd und diverses Pflegepersonal bilden die Protagonisten für ein skurriles Schauspiel.

Die Frau, sichtlich geistig verwirrt und vermutlich dieselbe wie in der vorigen Nacht, möchte – ungeach-

---

[9] Kieberer ist die umgangssprachliche Bezeichnung für „Polizist" in Österreich, vornehmlich in Wien.

tet ihrer unpassenden Kleidung – zu einem gewissen Herrn Hirtl.

Der eine der beiden Polizeibeamten kann ihren Wunsch scheinbar nicht nachvollziehen und versucht sie lautstark von ihrem Vorhaben abzuhalten.

Der zweite Beamte und das Klinikpersonal verfolgen diesen Vorgang mit scheinbarem Interesse, bleiben aber passiv.

Der lautstarke Kieberer ist entweder hörgeschädigt oder er setzt sich gern in Szene. Einen weiteren Grund für seinen unmöglichen Auftritt kann ich nicht erkennen.

„Ist Ihnen bewusst, wie spät es ist? Und ist Ihnen bewusst, dass Sie sich in einem Spital befinden, wo kranke Menschen gerne schlafen würden? "

Ich habe mich fast der Lautstärke des Mannes angepasst, der mir meine Nachtruhe geraubt hat. Er schaut mich ungläubig an, sagt aber nichts.

Ich belasse es bei meinen Ausführungen und begebe mich zurück in mein Zimmer. Beim Hineingehen höre ich noch ein verhaltenes *„Entschuldigung! "*, welches von dem zweiten Beamten kommt.

Noch leicht aufgewühlt, mache ich mir noch schnell ein paar Notizen zu dem Vorgang und versuche dann wieder einzuschlafen.

Das Erlebnis von gerade eben werde ich bei meinem nächsten Skype-Gespräch mit der Zentrale zur Sprache bringen.

Es ist mir vollkommen unverständlich, dass das Klinikpersonal nicht eingeschritten ist, um den total unangemessenen Ton des Polizeibeamten zu unterbinden.

Es dauert noch fast zwei Stunden, bis eine sinnvolle Entscheidung getroffen wird. Die Polizisten nehmen die verwirrte Frau mit und überstellen sie in die Psychiatrie.

Als es endlich Morgen ist, freue ich mich schon sehr auf das Entfernen des Kastels, damit ich endlich wieder duschen kann.

Daraus wird aber zunächst einmal nichts. Die Sonografie der Carotis kommt dazwischen. Es geht sich zeitlich gerade aus, dass diese Untersuchung vorgenommen wird, bevor meine 24 Stunden-Frist abgelaufen ist.

Der untersuchende Arzt schenkt mir ein Zuckerl in Form der Mitteilung, dass meine Carotis (*Halsschlagader verläuft links und rechts seitlich am Hals und ist für die Blutversorgung des Kopfes wesentlich*) sehr gut aussieht für mein Alter.

„Ja dann…"

Aber jetzt darf ich endlich duschen. Ich mache das dann auch und genieße es sehr.

Ich drehe eine kurze Runde durch die Flure. Als ich zurückkomme, wird mir eröffnet, dass die Neurologin da gewesen wäre, mich aber nicht angetroffen hätte.

„So what..."

Dasselbe Spiel wiederholt sich etwas später.

„Jetzt war die Neurologin schon zweimal umsonst bei mir; das ist ja ungeheuerlich. Ich frage mich nur, warum man mir nicht sagen konnte, wann diese Dame erscheinen würde. Außerdem bin ich ja noch länger hier."

In ihrem Bericht wird dann stehen:

„Patient nicht angetroffen auf Station. Abklärung im niedergelassenen Bereich gerne möglich."

Das ist sehr engagiert und patientenfreundlich. Böse Zungen könnten jetzt sagen:

„Augen auf bei der Berufswahl."

Aber so bin ich ja nicht. Oder doch?

Die Visite beschert mir ein weiteres Erlebnis der besonderen Art. Sie wird von Dr. „OMG" durchgeführt.

Als er den Eiterpickel an meinem Auge erblickt, stellt er mit Nachdruck fest:

„Da muss der Augenarzt noch einmal ran."

Hätte er noch ein *„Zack, zack!"* hinzugefügt, hätte man denken können, ich befände mich in einem Militärlazarett.

Als der begleitende „Assi" bemerkt, *„das wäre nicht möglich, denn dem Augenarzt stünden ja keine Instrumente zur Verfügung",* wischt Dr. „OMG" die Bedenken seines jungen Kollegen mit folgenden Worten weg:

„Ach was! Sterile Handschuhe, die überall vorhanden sind und zack, zack!"

Diese bemerkenswerten Worte begleitet er mit der Bewegung seiner beiden Daumen zueinander, welche seinen pragmatischen Vorschlag verdeutlichen sollen.

Damit demonstriert er hingebungsvoll den Vorgang des Auspressens von Eiterpickeln mit großer Freude.

Ich schaue diesen Menschen mit großen Augen an, und ich habe die berechtigte Befürchtung, er hat das gerade ernst gemeint.

Und wieder einmal hinterfrage ich die Qualifikation dieses Arztes, sowohl fachlich als auch menschlich.

Ich freue mich schon auf das Mittagessen. Es gibt Kaiserschmarrn. Hmmm…

Es gibt Dinge, die gehen nicht immer und überall. Zu ihnen gehört zweifellos dieses Gericht. Die gute Absicht ist klar erkennbar.

Aber Kaiserschmarrn, sollte er flaumig sein, muss frisch auf den Teller kommen. Den kann man nicht über einen noch so kleinen Zeitraum frisch halten.

Ich esse ihn trotzdem, allein als Kompliment an die Küche für ihre Vielfältigkeit und den stets guten Geschmack aller Speisen. Außer bei diesem einen Gericht…

Wir haben Zuwachs bekommen. Mitarbeiter des Roten Kreuzes haben eine frische „Lieferung" gebracht.

Es handelt sich um einen todkranken Mann mit Krebs. In einer völlig ausgemergelten Hülle steckt ein bissiges Menschlein, behaftet mit einer „Scheißegal-Haltung".

Meine Lieblingsärztin macht das Aufnahmegespräch mit ihm.

Da ich unglücklicherweise direkt neben ihm liege, bekomme ich alles mit.

„Haben Sie geraucht?"

„Ja! Ich rauch so lang, bis i tot bin."

„Alkohol?"

„Manchmal a Bier. Es schmeckt mir nimmer so."

Mein Lieblingspfleger kommt dazu. Auch er hat Fragen an den Patienten.

„Religion?"

„O.B. Brauch i ned."

"Piercings?"

"Na."

Diese seltsam anmutende Frage trägt zur Erheiterung der sonstigen Anwesenden bei.

„Metalle? Nagel?"

„Na."

Bis dahin hat der Patient höflich und gesittet geantwortet. Das ändert sich schlagartig, als er Besuch
von seiner Ehefrau bekommt.

Die Frau ist sehr sympathisch und Südamerikane-
rin. Spekulationen werden in meinem Kopf freige-
setzt, die ich aber für mich behalte.

Kaum, dass diese Frau an das Bett ihres Gatten ge-
treten ist, zeigt dieser sein wahres Gesicht. Ihre Bemühungen ihm Gutes zu tun, werden abgeschmettert.

Die lieblose und rüde Aufforderung *„geh weg!"*
soll ein Beispiel für viele andere sein, welche der
„Zombie" seiner Frau entgegenschleudert.

Die geduldige, duldsame Art der armen Frau, damit umzugehen, nötigt mir gleichermaßen Respekt
und Bedauern ab.

Die Bezeichnung „Zombie" meinerseits für diesen
Menschen ist zwar nicht sehr christlich, aber ich stehe
dennoch aus zwei Gründen dazu.

1. Krankheit mag ein solches Verhalten zwar er-
klären, aber niemals rechtfertigen.

2. Man schlägt nicht die Hand, die einem liebevoll begegnet.

Ich bekomme ungewollt mit, dass das Gehirn dieses Mannes schon von Metastasen angefallen worden

ist. Das mag vielleicht zu seinem Verhalten beitragen. Aber ich frage mich, warum er nur zu seiner Ehefrau so gemein ist.

Als am Nachmittag **1407** vorbeikommt, mache ich einen kleinen Ausflug mit ihr rund um die Gebäude.

Ich erzähle ihr von den Ereignissen der vergange-
nen Nacht und von der Visite der „besonderen Art"
mit Dr. „OMG".

Sie ist ebenso wie ich entsetzt und der Meinung,
dass diese Vorgänge unbedingt gemeldet werden müssen. Ich versichere ihr, dass es zur allnächtlichen Videokonferenz mit der Zentrale von mir zur Sprache
gebracht werden wird.

Der Rest des Tages verläuft ohne nennenswerte
Ereignisse. Meinen Bettnachbarn, den „Zombie" stra-
fe ich mit Missachtung. Ich mag keine egozentrischen
Menschen, die rücksichtslos und ichbezogen ihren
Mitmenschen begegnen.

Die Zeit bis Mitternacht verbringe ich mit fernse-
hen.

Als ich den alten SW-Film von Sport und Lokomotiven anschaue, inklusive Feuerstelle und Druckmesser, werde ich an die Uhrzeit erinnert. Es ist gleich Mitternacht und somit Zeit für meine Videokonferenz.

In dieser Nacht ist an Schlaf überhaupt nicht zu denken. Der neue Mitbewohner und die restliche Belegschaft starten eine „konzertante Aktion", die sich gewaschen hat.

Es ist unglaublich, welche Geräusche ein alter, ausgemergelter Körper von sich zu geben vermag. Die Intensität und die Lautstärke sind gigantisch.

Das ist Schnarchen in höchster Perfektion.

Untermalt wird die Veranstaltung durch das Flatulieren der übrigen Patienten. Ich resigniere, nehme meine Darmflöte und stimme mit ein.

So veranstaltet das äußerst musikalische Patientenzimmer auf der Station Pneumologie ein Konzert für eine Lyra, zwei Trompeten und eine Flöte.

Als wäre das noch nicht genug, ruft „Zombie" eine Weile später plötzlich laut um Hilfe. Ich war gerade eingeschlafen.

Ich bin verunsichert. Dann entschließe ich mich dann doch, den Alarmknopf zu drücken. Zwei Schwestern betreten das Zimmer. Sie gehen zielbewusst zum Bett von „Zombie", der noch immer um Hilfe ruft.

Ich kann nicht genau erkennen, was sie machen. Als sie wieder gehen, ermahnen sie den Patienten, künftig nicht um Hilfe zu rufen, sondern den Alarmknopf zu betätigen.

Dann ist der Spuk vorbei. Irgendwann schlafe ich doch noch ein…

Die Visite am nächsten Morgen bringt mir frohe Botschaft. Es ist Samstag, und ich darf heute noch nach Hause gehen.

Seinen Vorschlag auf eine weitere Lungenfunktionsprüfung am Montag lehne ich ab. Nicht schon wieder ein Treffen mit „Locke".

Ich einige mich mit dem Arzt – es ist der kompetente, sympathische Mediziner – dass alle Möglichkeiten der Genese-Erforschung ausgereizt sind.

Wir einigen uns darauf, dass ich bei einem niedergelassenen Arzt – unter Zugabe von Schmerzmittel – eine Ergometrie durchführen lasse.

Ich stimme dem zu. Ich werde es auf jeden Fall probieren. Den Termin für eine evtl. **Spiroergometrie** im Spital (frühester möglicher Termin im August???) halte ich in Evidenz.

Spiroergometrie ist die Methode zur Leistungsmessung durch Analyse der Atemgase und Auswertung der Atem-, Herz-, Kreislauf- und Stoffwechselreaktionen.

Der Arztbrief für meine Entlassung wird gegen 16:00 Uhr fertig sein. Ich kontaktiere **1407**, um ihr die gute Nachricht zu übermitteln.

Ich beginne zu packen, nicht ahnend, dass ich in wenigen Stunden wieder auspacken werde. Es ist 16:00 Uhr, als mich der Arzt in sein Büro holt.

Er eröffnet mir, dass er noch einen letzten Test machen möchte. Die Idee dazu ist ihm beim Durchlesen all meiner Befunde gekommen.

„Unter der Woche komme ich nicht dazu, die Berichte meiner Assistenzärzte zu lesen."

Das sind die Worte, mit welchen er seinen Entschluss begründet. Dann erklärt er mir Folgendes:

1. Die Nebenniere kann konzentriert Adrenalin ausschütten, was zu Schwindel oder Atemnot führen kann.

2. Abklärung, ob ggf. eine Myositis (Muskelentzündung) vorliegt. Gelegentliche Beinschmerzen, die ich eingeräumt habe, könnten darauf hinweisen.

Die Untersuchung bedingt das Sammeln von Urin über einen 24-Stunden-Zeitraum. Der Harn wird zur Bestimmung von **Metanephrine** im Plasma benötigt, um ein **Phäochromozytom** auszuschließen.

Metanephrine dienen in der Labordiagnostik als Tumormarker.

Phäochromozytom ist eine Erkrankung der chromaffinen Zellen des Nebennierenmarks mit einer Inzidenz von 1/100.000 Personen/Jahr.

Das Abnehmen von **ANA** und **ANCA** dient der näheren Betrachtung einer Myositis (Muskelentzündung).

ANA (Antinukleärer Antikörper) steht für die Ge-samtheit aller Autoantikörper gegen Antigene im Zell-kern. Autoantikörper sind ein charakteristisches Merkmal von Autoimmunerkrankungen, sind aber beispielsweise auch nachweisbar bei Krebs.

ANCA (Anti-Neutrophile cytoplasmatische Anti-körper) sind bestimmte Autoantikörper gegen körper-eigene Leukozyten [weiße Blutkörperchen].

Ausgestattet mit diesen Kenntnissen (auch hier ein HOCH und HURRA für Wikipedia!), stimme ich schweren Herzens zu.

Ich mache das nicht zuletzt auch als meine Wert-schätzung für das Engagement dieses Arztes, den ich über die Maße schätze.

Der Haken bei der Geschichte liegt jedoch darin, dass ich mit dem Sammeln meines Urins erst am nächsten Morgen beginnen kann, weil das Labor am Sonntag nicht arbeitet.

Am Nachmittag kommt eine enttäuschte **1407** vor-bei. Sie hatte sich schon so darauf gefreut, dass ihr Einsatz, verbunden mit dem meinen, endlich vorüber ist.

Das Spielen der liebevollen Ehefrau hat sie viel Mühe gekostet und war ein rechtes Opfer für sie. Mir hat es sehr gefallen, und ich bedaure es, dass es bald vorbei sein wird.

Ich hatte sie noch telefonisch darum gebeten, mir irgendein Duftwässerchen mitzubringen, um meine Nase friedlich zu stimmen.

Der Schlauch, welcher in den Urinsammelbeutel meines Nachbarn „Zombie" führt, musste sich wohl gelockert haben. Jetzt schwamm die ganze Herrlichkeit unter seinem Bett und starrte mich bedrohlich an.

Ein entsprechender Duft hatte das ganze Zimmer okkupiert. Das arme Pflegepersonal musste Hand anlegen und eine Reinigungskraft wischte den Boden auf.

„Zombie" ließ alles mit einer stoischen Gelassenheit über sich ergehen. Seine offenkundige „Ist mir alles scheißegal – Einstellung" war nicht übersehbar.

Trotz aller Bemühungen war der Gestank noch immer vorhanden. Ich bat die Reinigungskraft ein weiteres Mal, den Boden zu wischen und ein Fenster zu öffnen.

Inzwischen ist es erträglicher. Nicht zuletzt auch durch meinen eigenen „Duft", den mir **1407** mitgebracht hat, und den ich mir auf die Brust gesprüht habe.

Ich habe beschlossen, meine Missachtung für „Zombie" auch für meinen Restaufenthalt aufrecht zu erhalten.

Als **1407** wieder gegangen ist, bringt mir eine Schwester das Behältnis für die Aktion „Urinsammeln" und zapft mir noch einmal größer Mengen Blut.

Als ich mir den Behälter für den Urin anschaue, entlockt es mir die scherzhafte Bemerkung, *„dass ich diesen Behälter wohl kaum zur Gänze füllen werden könne."*

Die Schwester kontert damit, *„dass sie schon einen Patienten gehabt habe, der drei dieser Behältnisse benötigt hätte."*

Diese unglaubliche Mitteilung quittiere ich mit der Bemerkung:

„Das muss dann aber wohl ein Pferd gewesen sein..."

Dabei belassen wir es dann auch.

Die Aktion „Urinsammeln" beginnt am nächsten Morgen, punkt 06:00 Uhr. Ich führe meinem Körper Unmengen an Flüssigkeit zu.

24 Stunden später liefere ich das Ergebnis meiner Bemühungen ab. Der Behälter ist nur zu dreiviertel gefüllt, obwohl ich alles gegeben habe.

Ich packe ein zweites Mal meine Sachen, in der festen Überzeugung, dass meine Entlassung dieses Mal auch wirklich stattfinden wird.

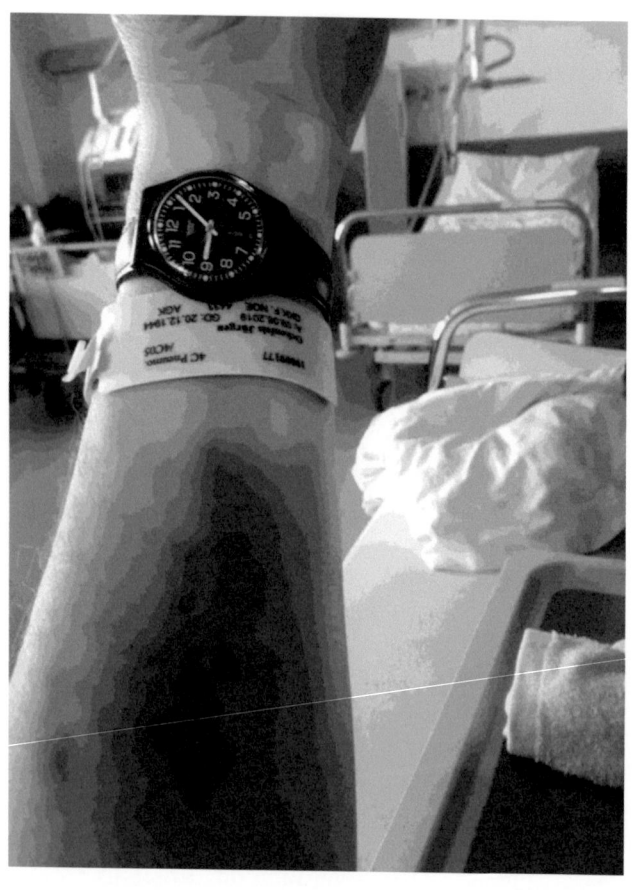

Ich schaue immer wieder auf die Uhr. Mein Arm ist stark gezeichnet von den vielen Versuchen der Blutabnahme.

Da fällt mir ein, dass eine der ersten Blutabnahmen von einer Lernschwester vorgenommen wurde. Das habe ich glatt vergessen, der **IHIA** zu melden.

Das kann ja wohl nicht sein, dass eine Lern-schwester – ohne Begleitung einer ausgebildeten Schwester – am Patienten herumexperimentiert.

Denn genau das war es. Sie war nicht fähig, einen Venenzugang zu finden. Eine dazu geholte Schwester hat ihr dann gezeigt, wie man es macht.

Meine letzte Visite wird von Dr. „Ghost" durchgeführt. In seinem typischen Outfit (Brille auf dem Kopf) führt er mit mir ein ausführliches Patientengespräch:

„Guten Tag! Wie geht es Ihnen?"

„Danke, gut."

„Brauchen Sie etwas?"

„Nein, danke!"

Inzwischen ist es 10:00 Uhr. Mein Lieblingsarzt bringt mir den Entlassungsbrief mit einem dicken Paket Befunden. Dann ist es wirklich soweit. Ich schnüre mein Bündel und begebe mich zum Ausgang der Klinik. Es regnet.

Da stehe ich nun – nach insgesamt 14 Tagen Klinikaufenthalt *„und bin so klug als wie zuvor."* Trotz aller Bemühungen konnte die Ursache für meine zweimalige Atemnot nicht gefunden werden…

Dann kommt mein Taxi um die Ecke. **1407** holt mich ab. Meine Gefühle sind zwiespältig.

Zum einen bin ich erleichtert, dass es meinem Herzen und meiner Lunge gut geht, und dass ich endlich wieder nach Hause gehen kann. Zum anderen hätte ich schon gern gewusst, was die Ursache war…

Und bevor ich es vergesse. Das war mein letzter Auftrag als **1307**. Ich bin einfach zu alt für den Sch…

Liebe Leser,

das ist das Ende meiner Geschichte. Bedenken Sie, dass es sich um einen Roman handelt.

Die Werke der Gattung Roman sind in jedem Fall fiktional. Das bedeutet, dass er vom Autor erdachte Geschehnisse wiedergibt, auch wenn diese auf realen Begebenheiten ruhen. So lässt sich die Gattung etwas von Sachtexten aller Art abgrenzen. Folglich zeigt das Werk eine eigene, fiktive Welt, die sogenannte erzählte Welt und ist demzufolge in keinem Fall real.

Zugrunde liegt mein Aufenthalt in einem Spital, der mir einige Erlebnisse bescherte, welche ich romanhaft verarbeitet habe.

Ich habe es bewusst unterlassen „Ross und Reiter" zu nennen, wobei es einen „Reiter" gab, dem ich meinen Respekt und meine größte Hochachtung an dieser Stelle zollen möchte.

Er hat sich bis zum Schluss meines Aufenthaltes um die Findung der Genese bemüht, wofür ich ihm von ganzem Herzen dankbar bin.

Mein Dank gilt gleichermaßen allen Ärzten, Krankenschwestern, Pflegern, Hilfs- und Reinigungspersonal. Mit wenigen Ausnahmen waren sie kompetent, hilfsbereit, freundlich und respektvoll.

Und nicht zuletzt möchte ich meiner Liebsten danken, die sich um mich in sorgenvoller und liebevoller Art gekümmert hat.

Es bleiben noch zwei Bitten. Eine an das Klinikpersonal und eine an alle Patienten:

Liebes Klinikpersonal!

Behandelt bitte die Patienten mit Geduld und Verständnis. Das gilt vor allem für ältere Herrschaften. Respektlosigkeiten und zotige, dummdreiste Bemerkungen sind absolut nicht angebracht.

Liebe Patienten!

Begegnet den Menschen, die in einem Spital ihre Arbeit verrichten, mit dem gleichen Respekt, den ihr für euch erwartet. Sie sind nicht eure Dienstboten, sondern bewundernswerte Menschen, die sich einen schweren und verantwortungsvollen Beruf ausgesucht haben.

Ich habe beide Seiten erleben dürfen, Patienten und Klinikmitarbeiter. Und es gab auf beiden Seiten Vorkommnisse, die nicht so sein sollten.

Ich habe manches vielleicht etwas überhöht dargestellt und Bezeichnungen für Personen gewählt, die auf den ersten Blick respektlos scheinen.

Aber glauben Sie mir, es geschah nicht, um irgendjemand dadurch zu beleidigen.

Ich würde mich freuen, wenn der/die eine oder andere Leser/in mir ein Feedback geben würde. Ich bin auch gern bereit, Fragen zu beantworten.

Sollten Sie sich wundern, dass ich so offen über meine Geschichte geschrieben habe, so darf ich Ihnen sagen, dass ich kein Freund von Geheimnissen bin. Sie machen nur unfrei.

Und außerdem neigen Künstler (ich hoffe, ich bin nicht zu vermessen, mich als einen kleinen, bescheidenen Künstler zu bezeichnen) ja dazu, einen gewissen Hang zum Exhibitionismus zu haben.

Ich danke Ihnen für Ihr Interesse, und ich hoffe, ich habe Sie mit den vielen medizinischen Fachbegriffen nicht erschlagen. In diesem Sinn, bleiben Sie gesund, und sollten Sie es gerade nicht sein, werden Sie es schnell wieder!

Dieses Roastbeef war eines der besten, das ich je gegessen habe. Und das in einem Spital. Kompliment an die Küche und vielen Dank!

Nachtrag:

Vielleicht erinnern Sie sich noch auf meine Bemerkung auf Seite 67, bezogen auf diesen Satz:

„Die diskrete keilförmige Veränderung im linken oberen Lungenlappen möglicherweise einer alten PE entsprechend."

Als ich eine Woche nach meiner Entlassung aus dem Spital bei meiner Osteopathin war, hat sie mittels cranio-sacraler Therapie festgestellt, dass meine obere linke Lungenspitze nicht genügend belüftet wird.

*Die **cranio-sacrale Therapie** ist aus der kraniosakralen Osteopathie entstanden, die als „Osteopathy in the Cranial Field" vom amerikanischen osteopathischen Arzt William Garner Sutherland begründet wurde und als kraniosakrale Osteopathie fester Bestandteil der Osteopathie wurde. Die Cranio-Sacral-Therapie beruht unter anderem auf der Annahme, dass sich die rhythmischen Pulsationen der Gehirn-Rückenmarksflüssigkeit, der sog. Primäre Atemmechanismus PAM, auf die äußeren Gewebe und Knochen übertragen und somit per Palpation (Untersuchung durch Berührung) ertasten lassen.*

Meine Osteopathin wusste übrigens **nichts** über meinem Befund von der Szintigrafie.

Schon nach meiner ersten Behandlung fühlte ich mich merklich besser.

Mein Souvenir aus dem Spital (Rötung und Zysten am linken Unterlid) will nicht besser werden. Ich war zweimal beim Augenarzt, der mir Salbe, Tropfen und zuletzt auch ein Medikament verschrieben hat.

Seine Ratlosigkeit bei meinem letzten Besuch führte dazu, dass er mich in eine Augenklinik überwiesen hat.

Fahrt bei sonnigen 32° um die Mittagszeit in die Ambulanz. Ich komme relativ schnell dran. Als ich den kleinen Raum betrete, befinden sich dort 6 Personen.

Ein Arzt, der in sportlicher Manier auf seinem Drehsessel liegt, wie ein Formel-Eins-Fahrer in seinem Boliden, prüft mein Auge.

„Das ist ein Gerstenkorn", so seine erste Meinung, die der umgehend mit *„oder a ned"* korrigiert. Er bittet eine Kollegin um deren Meinung.

Diese bestätigt *„Schurli"* – so nennt sie liebevoll ihren Kollegen – in dessen Meinung.

„Schurli" füllt ein mehrseitiges Formular aus und lässt es mich unterzeichnen. Zu Lesen gibt er es mir nicht. Ist mir aber auch egal, denn ich will das Problem auf jeden Fall gelöst wissen.

Dann unterzeichnet er ebenfalls und gibt mir einen Ausdruck, auf welchem steht:

Augenärztlicher Befund

Anamnese:
Diverses
Seit 4 Wochen Rötung mit Zysten am UL li.

Bei der heutigen Untersuchung wurden folgende Befunde erhoben:

Vord. Augenabschnitt
Kugelige Schwellung im Lid beidseitig
Mit Talgzysten und dilat. Gef.
Diagnosen
Lidtumor, Unterlid, linkes Auge
Therapie
UL Keil Excision vereinbart li UL
Termin wurde mitgegeben
Revers erledigt

Das bedeutet nichts anderes, als dass mir in einer Woche ein Keilschnitt am Unterlid gemacht wird, und dass das herausgeschnittene Gewebe untersucht wird.

„Ihr Lid wird mit einer Spritze betäubt und der Tumor wird mit einem Keilschnitt herausgeschnitten. Sie spüren nichts.

Das Auge ist hinterher kleiner. Die Nähte gehen von selbst heraus. Das Auge kann danach rot sein oder bunt. Es kann auch etwas brennen.

Eine Woche später kommen Sie dann wieder. Dann haben wir auch das Ergebnis aus dem Labor."

Die ausführenden Worte des Arztes sind von pragmatischer Qualität. Es zeigt sich einmal mehr, dass der Mensch, vulgo Patient, ab einem gewissen Alter nicht mehr als geistig vollwertiges Individuum, seitens der jüngeren Restwelt, betrachtet wird.

Ich bin sehr froh, dass ich zwischenmenschlich gut versorgt bin. Wer würde sich schon mit einem alten Sack, mit dem prognostizierten Aussehen (kleineres Auge) eines Quasimodos noch einlassen…

Nur wenige Tage danach suchen mich heftige Zweifel heim. *„Einfach mal einen Keil aus dem Lid herausschnipseln"*, das schmeckt mir nicht wirklich.

Ich beschließe, mir eine Zweitmeinung einzuholen, und fahre zu einer Wahlärztin, welche ich im Internet gefunden habe. Es ist der Tag 2 vor der geplanten OP.

Es erwartet mich eine sympathische, kompetente Ärztin, die sich eingehend mit mir beschäftigt.

„Ihr Gerstenkorn muss nicht zwangsläufig einen Keim als Ursache haben. Es war eher eine bakterielle Entzündung, bedingt durch die körperlichen Umstände während Ihres Spitalsaufenthaltes. Der geschwächte Körper konnte sich nicht genügend dagegen wehren.

Es kann durchaus mehrere Wochen bis Monate dauern, bis die Entzündung abgeklungen ist. Und solange Sie keine Beschwerden haben, würde ich noch warten. Eine OP kann man auch nach Monaten machen.

Ich verstehe Ihre Bedenken durchaus, welche Sie gegen eine OP haben. Die Naht im Unterlid – der Keilschnitt würde ja in der Mitte stattfinden – kann unter Umständen auf der Netzhaut scheuern. "

So die erhellenden Worte der Ärztin. Zum Abschluss hat sie mir folgende Empfehlung ausgesprochen:

„Ich würde nicht weiter mit Salben und Tropfen arbeiten. Machen Sie trockene, warme Umschläge (Wärmepads, Kirschkernsäckchen) oder Bestrahlungen mit Rotlicht. Täglich 3-mal für 10 bis 15 Minuten. "

Mit diesen wohlgemeinten Ratschlägen gesegnet, verließ ich freudetrunken die Praxis, in dem Bewusstsein, der drohenden OP entronnen zu sein.

Ich habe beschlossen, mich der Meinung der Ärztin und den positiven Gedanken meiner Liebsten anzuschließen, dass alles gut werden wird. Auch ohne OP.

Meine urgierten, noch ausstehenden Befunde treffen tröpfchenweise bei mir ein. Jetzt fehlen noch der abschließende Blutbefund und mein 24-Stunden-Blutdruck-Befund.

Meldungen aus Absurdistan:

Ein Mann wird – bedingt durch ein unangenehmes, beängstigendes körperliches Gebaren – ins Spital eingeliefert. Man untersucht ihn nach allen Regeln der Kunst, und man stellt ihm viele Fragen.

Er ist Hypertoniker (Bluthochdruck) und muss Tabletten nehmen. Eine halbe morgens- eine halbe abends. Er macht das brav jeden Tag und misst regelmäßig seinen Blutdruck selbst zuhause. Seine Werte sind stets im grünen Bereich (**unter 90 und nicht über 140**).

Aus unerforschlichen Gründen wird dem Mann im Spital ad hoc ein anderes Präparat gegeben. Und Wunder, oh Wunder, der Blutdruck verändert sich. Er steigt sowohl auf diastolischer als auch auf systolischer Ebene und verlässt somit seinen „grünen Bereich".

Als der Mann nach zwei Wochen aus dem Spital entlassen wird, wendet er sich eigenständig wieder seinem alten Präparat zu, und man sollte es nicht glauben, sein Blutdruck kehrt friedlich in seinen „grünen Bereich" zurück.

Anzumerken wäre noch, dass während der Verweildauer des Mannes im Spital, der Blutdruck zweimal täglich gemessen wurde, und dass es niemand wirklich aufgeregt hat, dass er permanent zu hoch war…

Noch so eine Geschichte:

Die Herren Medici beschließen, dass derselbe Mann, wie zuvor beschrieben, eine Spiroergometrie im Spital durchzuführen habe.

Das ist Radfahren auf der Stelle mit einer Maske im Gesicht, wie man sie von Kampfjet-Piloten kennt.

Die Möglichkeit der Durchführung bestehe aber erst in einem guten Vierteljahr. Da müsse er halt noch mal vorbeikommen.

Der Patient versteht nicht, warum er so lange warten muss, da ja sein bedrohlicher, unerforschter Zustand „hic et nunc"[10] bestünde, um es auf Latein zu formulieren.

Er vergisst offenkundig dabei, dass er ja die Möglichkeit hat, dass er – bei Bedarf – ja zum wiederholten Male mit der Rettung anreisen kann….

Und ein Gedanke beschleicht ihn. Er hat schon so oft vom „mündigen Patienten" gehört, und dass Patient und Arzt einander auf Augenhöhe begegnen.

Entweder das stimmt überhaupt nicht, oder es gilt nur für Patienten bis zu einem Höchstalter, sagen wir einmal, „round about" von fünfzig Jahren. Und in diesem Augenblick muss er schmerzlich erkennen, dass er sich viel zu wichtig genommen hat…

---

[10] „hier und jetzt"

So, jetzt ist aber wirklich Schluss.

Eine Sache noch, die ich nicht unerwähnt lassen möchte. Wenn ein Mensch im Spital liegt, so ist ein wesentlicher Faktor, welcher zu seiner Genesung beiträgt, sein soziales Umfeld.

Ein lieber Besuch, eine zärtliche Berührung, ein paar liebevolle Worte, all das kann helfen. Selbst ein Anruf oder eine Meldung über WhatsApp.

Eine der WhatsApp-Meldungen, die mich während meines Aufenthalts im Spital erreicht haben, möchte ich hier dokumentieren:

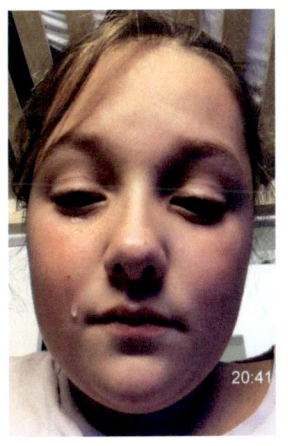

Ich hoffe, dass es dir bald besser geht. Ich habe Angst um dich. 😢

Diese wunderbare Nachricht habe ich am 07. Mai 2019 über Whatsapp von einem wunderbaren Mädchen namens Klara im Spital erhalten. Es hat mich sehr berührt. Danke, liebe Klara! 💚

Klara ist die Tochter einer tollen, bewundernswerten Mutter aus der Nachbarschaft. Ich helfe Klara bei den Hausaufgaben, und wir verstehen uns sehr gut.

Ich habe viele liebevolle und aufmunternde Kommentare via FB bekommen, aber diese Nachricht hat mich umgehauen.

Natürlich ist die Social-Media-Bühne eine virtuelle Welt, und sie spaltet die Bevölkerung in zwei Lager.

Die einen können ohne diese Welt nicht mehr leben, und den anderen fehlt jedwedes Verständnis dafür.

Ich erinnere mich noch gut daran, als die ersten Fernseher Einzug in die Wohnstuben der Menschen genommen haben.

„Ein Segen für ältere und kranke Menschen, die das Haus nicht mehr verlassen können. Oder für Alleinstehende."

So oder ähnlich war damals der weitverbreitete Tenor. Heute ist es eben das Internet mit all seinen Facetten. Und es sollte sich niemand darüber erheben.

Ich war sehr froh, dass ich meinen Laptop dabeihatte, und dass ich via WLAN mit der Außenwelt kommunizieren konnte.

In diesem Sinn, herzlichen Dank all jenen, welche bis hierhin gelesen haben. Es war mir ein Bedürfnis über mein Erlebnis „Außer Spesen nichts gewesen" zu berichten.

*****